EL BARCO
DE VAPOR

El secreto de If
Ana Alonso y Javier Pelegrín

PREMIO EL BARCO DE VAPOR 2008

Ilustraciones de Marcelo Pérez

fundación sm

La Fundación SM destina los beneficios de las empresas SM a programas culturales y educativos, con especial atención a los colectivos más desfavorecidos.

Si quieres saber más sobre los programas de la Fundación SM, entra en
www.fundacion-sm.org

LITERATURA**SM**•COM

Primera edición: junio de 2008
Décima edición: julio de 2018

Gerencia editorial: Gabriel Brandariz
Coordinación editorial: Paloma Jover
Coordinación gráfica: Lara Peces

© del texto: Ana Alonso y Javier Pelegrín, 2008
© de las ilustraciones: Marcelo Pérez, 2008
© Ediciones SM, 2017
  Impresores, 2
  Parque Empresarial Prado del Espino
  28660 Boadilla del Monte (Madrid)
  www.grupo-sm.com

ATENCIÓN AL CLIENTE
Tel.: 902 121 323 / 912 080 403
e-mail: clientes@grupo-sm.com

ISBN: 978-84-675-8530-8
Depósito legal: M-349-2016
Impreso en la UE / *Printed in EU*

Cualquier forma de reproducción, distribución,
comunicación pública o transformación de esta obra
solo puede ser realizada con la autorización de sus titulares,
salvo excepción prevista por la ley. Diríjase a CEDRO
(Centro Español de Derechos Reprográficos, www.cedro.org)
si necesita fotocopiar o escanear algún fragmento de esta obra.

En la estructura del cuento se repite la estructura del rito.

VLADIMIR PROPP

Yo sueño que estoy aquí,
de estas prisiones cargado,
y soñé que en otro estado
más lisonjero me vi.

CALDERÓN DE LA BARCA,
La vida es sueño

1

Cuando los marineros soltaron las amarras de fibra transparente que mantenían sujeto al muelle el barco de la princesa, un murmullo de consternación recorrió la multitud. Buena parte de los habitantes del País de Kildar se habían congregado en los alrededores del puerto para ver partir a la heredera del reino. Todos vestían sus mejores galas, y el ambiente era casi festivo. No había una esquina donde no se hubiese instalado un músico, un malabarista, un tragafuegos o un grupo de juglares dispuesto a repetir una y otra vez sus números de habilidad a cambio de unas monedas, y los vendedores de bebidas y pasteles salados recorrían sin descanso las calles cercanas al mar. Todo el mundo intentaba encontrar un buen puesto de observación para ver bien la salida del barco. Incluso estallaron algunas peleas junto a los miradores de la costa, enclaves privilegiados que ofrecían una vista única del puerto. Pero, al llegar el momento de despedir a la princesa Dahud, la animación general decayó de pronto. La gente dejó de reír y de cantar, y las conversaciones se convirtieron poco a poco en intercambios de susurros. Cuando las velas del barco se hincharon y su casco de cristal comenzó a deslizarse limpiamente sobre las aguas verdes y doradas del Mar de las Visiones, hombres y mujeres sacaron sus pañuelos y comenzaron a agitarlos en el aire. Se oyeron algunos sollozos ahogados. Luego, antes de que el barco alcanzase la entrada de la bahía, la multitud comenzó a dispersarse.

Desde un promontorio de la costa cubierto de sedosa hierba, dos jinetes asistían en silencio a la curiosa escena.

–No parecen muy contentos –observó el más joven, que llevaba un largo manto de lana verde cuya capucha le ocultaba casi enteramente el rostro.

Su compañero, un anciano de largos cabellos grises y barba descuidada, hizo una mueca antes de responder.

–¿Cómo van a estarlo? –dijo–. Su futura reina los abandona para casarse con el príncipe de otro país... ¡Y si al menos fuera un país cualquiera! Pero se trata de If, el Reino Intermedio, un lugar donde los humanos viven a expensas de los caprichos de la magia.

Desde la sombra de su capucha, el joven le dirigió una severa mirada.

–Es mejor que dejes de hablar así de If, si no quieres que tengamos problemas. Nosotros también vamos allí, Sirio, no lo olvides.

–Eres tú quien no debe olvidar a qué vamos a enfrentarnos –repuso el viejo agriamente–. If es un lugar peligroso, y más en las condiciones en que nosotros vamos a viajar. Allí no podré protegerte.

–Te he dicho mil veces que no debes tutearme –murmuró el joven sin dejarse impresionar–. Ahora soy Duncan, tu señor, y tú eres mi criado, ¿recuerdas? Además, ¿quién te ha pedido que me protejas? Si no quieres venir, aún estás a tiempo.

El anciano bajó la cabeza con humildad.

–Lo siento. Estoy preocupado, como todos los habitantes de este país –se disculpó–. Si esa boda se celebra...

–Esa boda no se celebrará a menos que sea lo mejor para Kildar –le interrumpió el joven en tono decidido–. Además, sabes muy bien que todos los países que ro-

dean el Mar de las Visiones darían la mitad de sus riquezas por casar a una de sus princesas con el príncipe de If. Los beneficios podrían ser incalculables... ¿No has visto su barco? Con qué seguridad ha abandonado la bahía, como si ahí fuera no hubiese nada que temer.

–Para sus navegantes no lo hay. Llevan siglos controlando sus rutas.

–A eso me refiero –prosiguió el joven, cada vez más animado–. Vivimos a orillas de un mar que no podemos atravesar. Solo If puede proporcionarnos los medios para hacerlo. Es una oportunidad que ningún gobernante despreciaría.

–Hasta ahora no nos ha ido tan mal, a pesar de nuestros problemas con el Mar de las Visiones. El país es próspero... ¿Para qué arriesgarse? Después de todo, no sabemos qué es lo que se oculta detrás de esa alianza.

El joven giró un poco su montura para mirar de frente a su acompañante. Un rayo de sol iluminó por un instante sus profundos ojos azules.

–No lo sé, Sirio. Quizá estemos exagerando un poco con nuestros temores. Después de todo, lo más probable es que no haya nada oculto detrás de esa alianza... Solo una promesa, nada más.

–Una promesa que nunca debió realizarse. Todavía no entiendo qué fue lo que llevó a nuestro difunto rey a sellar un pacto semejante.

Un destello de cólera atravesó la mirada del muchacho.

–Te prohíbo que hables así del rey en mi presencia –dijo con voz sorda–. No nos corresponde a nosotros juzgar sus motivos.

–Está bien. Si no queréis cuestionaros sus motivos, pensad en los motivos del difunto rey de If. ¿Qué pudo inducirle a prometer a su hijo de tres años con una princesa recién nacida del otro lado de la Gran Cordillera? Durante siglos, todos los gobernantes de Kildar han intentado emparentar con la Casa Real de If sin ningún éxito. Ellos se negaban a aceptar a una princesa extranjera. ¿Qué les hizo cambiar de parecer? ¿Y por qué nosotros? Quiero decir...

–Sé lo que quieres decir –le atajó el joven–. Y eso es precisamente lo que debemos averiguar. Pero, como te he dicho, aún estás a tiempo de echarte atrás. El viaje a través de la Gran Cordillera va a ser duro.

–¿Duro? –el anciano se echó a reír burlonamente–. Duro es poco decir; ¡va a ser imposible! ¿A cuántas personas conocéis que hayan sido capaces de atravesar la Cordillera?

El joven se quedó pensando.

–Bueno... No muchas. Quizá a ninguna –admitió de mala gana–. Pero eso no significa que sea imposible.

–Es imposible –afirmó tercamente su compañero–. Y, además, es disparatado.

–Supongo que eso significa que vas a venir conmigo... –dedujo el joven mirándole de soslayo.

El anciano le devolvió la mirada, y luego alzó teatralmente las manos hacia el cielo.

–Sí –repuso suspirando–. ¡Supongo que sí!

2

El cielo estaba tan blanco como la empinada pendiente por la que ascendían las dos cabalgaduras. La ventisca acababa de comenzar, y sus heladas ráfagas cargadas de copos de nieve azotaban sin piedad el rostro de los viajeros, que se protegían como podían con sus capas forradas de pieles. Los caballos avanzaban con dificultad y se encabritaban de cuando en cuando, asustados por el aullido del viento. A pesar de su cercanía, los altísimos picos de la Gran Cordillera habían dejado de verse. De repente, el brioso alazán que transportaba al más joven de los dos jinetes resbaló en un saliente del terreno y estuvo a punto de caerse.

–¡Tu caballo está herido! –le gritó el anciano a su compañero–. ¡Se ha lastimado una de las patas traseras! Deberíamos buscar refugio hasta que pase la tormenta.

–Pero ¿dónde? ¡Aquí no hay ningún lugar donde refugiarse!

El anciano alzó una de sus enguantadas manos a modo de visera para protegerse de la nieve y miró a su alrededor.

–Ahí, a la derecha. ¿Lo ves? –dijo después de un rato–. Esa mancha oscura... ¡Allí no hay nieve!

—¿Y eso es bueno? —preguntó el otro a voces, para hacerse oír por encima del fragor de la ventisca.

—Podría serlo. Según mis viejos libros, existen más de mil fuentes termales en la Cordillera. Puede que hayamos tenido la suerte de topar con una de ellas. Eso explicaría por qué la nieve se ha fundido justo en ese lugar. Las rocas estarían calientes.

—¡Vamos a comprobarlo!

A pesar de la escasa distancia que los separaba del lugar señalado por el anciano, les costó un gran trabajo llegar hasta él. La montura del joven avanzaba a trompicones, y sus patas traseras se doblaban de cuando en cuando, haciendo que su grupa casi rozase el suelo. El muchacho desmontó y trató de guiar al maltrecho caballo en su ascenso por la ladera nevada, pero él mismo resbalaba a menudo, e incluso llegó a caer al suelo en un par de ocasiones.

—¿Quieres montar en mi caballo? —le preguntó el anciano.

—¡No digas tonterías! ¡Y recuerda que no debes tutearme!

–Estamos a más de siete mil metros de altura. ¡Aquí no hay ni un alma! ¿Qué importa que te tutee o no?

–Es mejor que vayas cogiendo la costumbre... ¡Mira, tenías razón!

Mientras hablaban, los dos viajeros habían alcanzado el saliente de roca oscura que tanto les había llamado la atención. Tal y como había pronosticado el más viejo de los dos, allí la roca estaba caliente, y un pequeño manantial de agua humeante fundía los copos de nieve a su alrededor, antes de que cayesen al suelo. Las rocas que servían de lecho al manantial brillaban de un modo extraño. Al acercarse, vieron que estaban cubiertas de grandes cristales resplandecientes, y de una transparencia perfecta. Entre los cristales se veían diminutas agujas de oro puro.

–¡Lo que habría dado en mi juventud por dar con un sitio como este! –exclamó el anciano desmontando–. Son unos cristales purísimos... ¡Y el oro! Más de una vez arriesgué la vida por una centésima parte de lo que hay aquí.

–¿Te refieres a tu época de ladrón?

El anciano miró al joven con expresión de alarma.

–Ssssssh... ¡Callaos! ¿Cómo se os ocurre decir eso?

El joven se echó a reír.

–¿Por qué te preocupas? Estamos a más de siete mil metros de altura... ¡Aquí no hay ni un alma! –le recordó con voz burlona.

–Quién sabe, quién sabe... Además, os digo lo mismo que vos a mí hace un momento: es mejor que no cojáis la costumbre de...

Se interrumpió al oír un crujido procedente de detrás del manantial y miró a su compañero. Entendiendo al instante el significado de aquella mirada, el joven asintió en silencio, y ambos comenzaron a rodear con precaución la roca desnuda para averiguar la procedencia de aquel ruido.

Al otro lado de la roca descubrieron la entrada de una caverna. No era demasiado profunda, pero el calor que emanaba de las rocas la convertía en un lugar perfecto para refugiarse de la tormenta de nieve. El joven iba a retroceder para ir a buscar los caballos, cuando un gesto de su acompañante le indicó que se detuviera.

–Alguien se nos ha adelantado –susurró el anciano–. Mirad.

Al fondo de la gruta, un bulto negro yacía en el suelo, envuelto en harapos. El intenso temblor que lo agitaba indicaba claramente que se trataba de alguien vivo. Con toda probabilidad, debía de haber oído aproximarse a los recién llegados... Pero ni siquiera se había movido, y tampoco había intentado pronunciar una sola palabra.

Sin pensárselo dos veces, el joven corrió hacia el misterioso bulto y se arrodilló junto a él.

–¿Qué hacéis? No deberíais... –comenzó el anciano.

Sin hacerle el menor caso, el joven giró delicadamente el tembloroso cuerpo que yacía en el suelo.

–Es una mujer –anunció–. Una anciana. Parece inconsciente... ¡No! ¡Ha abierto los ojos!

Su compañero también se acercó a mirar. Cuando sus ojos lograron habituarse por fin a la oscuridad, distinguió entre un amasijo de mantas raídas el delicado rostro de una mujer entrada en años que, pese a sus innumerables arrugas, aún conservaba vestigios de su antigua belleza.

–¿Estáis bien? ¿Podéis hablar? –le preguntó el joven.

La mujer movió los labios intentando responder a la pregunta, pero no llegó a brotar ningún sonido. Rápidamente, el joven desprendió de su cinturón la cantimplora que llevaba y vertió un poco de agua en los labios de la anciana. Esta se lo agradeció con la mirada. Luego, haciendo un esfuerzo, consiguió incorporarse.

–Gracias al cielo –murmuró–. Creí que había llegado mi última hora.

–¿Qué hacéis aquí? –preguntó Sirio–. ¿Dónde está vuestra montura?

–Yo... Me he perdido. Había salido a recoger leña... Vivo junto al Lago Esmeralda, ¿sabéis? Allí tengo mi casa... Pero, no sé cómo, me desorienté con la ventisca. Llevo aquí muchas horas.

–No os preocupéis, buena mujer. Afortunadamente, hemos llegado a tiempo.

–Yo solo quiero volver a mi casa, junto al lago... ¿Conocéis el lago? –preguntó la anciana con voz entrecortada.

Los dos viajeros se miraron.

–Hay miles de lagos en la Cordillera –respondió el más joven–. La mayoría ni siquiera aparecen en los mapas... ¡Claro que los mapas, aquí, no sirven de mucho!

–El Lago Esmeralda –precisó la anciana–. No puede estar muy lejos. ¡Si quisierais ayudarme a volver allí!

–Tranquila, mujer –dijo el joven–. Os ayudaremos. Pero antes, esperaremos a que amaine la ventisca... Este es un buen lugar para resguardarse. Haremos una fogata para calentarnos y comeremos algo. Necesitáis reponer fuerzas.

Mientras Duncan reunía algunas ramas secas para prender una hoguera, su anciano compañero extrajo de sus alforjas un frasco de cristal lleno de un líquido verdoso y se lo ofreció a la anciana para que bebiera. Esta, después de un instante de vacilación, aceptó el ofrecimiento. Luego se arrastró con dificultad hasta las proximidades del fuego y se quedó largo rato contemplando ensimismada las llamas. Sirio descolgó de su montura una vieja tetera de hierro para hervir agua y preparar una infusión.

–Todos necesitamos algo caliente –dijo tendiéndole una taza a Duncan y otra a la anciana–. Nos ayudará a soportar el frío de ahí fuera.

Sin embargo, la anciana asió su taza con mano temblorosa y arrojó su contenido al suelo. En su rostro se reflejaba una gran angustia.

–Lo siento, no puedo esperar. Debo regresar a mi casa ahora... Tenéis que llevarme allí, por favor. Si no, me iré sola. Ya me siento más fuerte.

Los dos viajeros la miraron como si hubiese perdido el juicio.

–Pero ¿qué estáis diciendo? –intervino Sirio–. Si apenas os tenéis en pie... Nosotros os llevaremos, tened un poco de paciencia...

–¡No puedo esperar! –replicó la anciana ahogando un sollozo.

El viajero más joven se la quedó mirando con curiosidad.

–¿Por qué no podéis esperar? ¿Qué es tan importante como para que nos pidáis que arriesguemos nuestra vida en medio de la ventisca? –preguntó.

La anciana se ruborizó ligeramente.

–Mis animales –contestó avergonzada–. Mis cabras, mis perros, mis gatos... ¡Se asustan mucho con la tormenta! El fuego del hogar se habrá apagado. Tendrán frío y hambre... ¡Me necesitan!

El joven Duncan se giró levemente para que la anciana no advirtiese su sonrisa. Sirio, en cambio, parecía indignado.

–¿Y por unos animales nos pedís que afrontemos la tormenta en su peor momento? Permitidme que os diga, señora, que eso, además de ser muy egoísta por vuestra parte, es muy poco sensato. Porque lo más probable es que, si salimos ahora, ninguno de los tres sobreviva a la ventisca. Y entonces, ¿qué van a hacer vuestros animales, queréis decírmelo?

La anciana frunció el ceño y miró con hosquedad a Sirio.

–Si no queréis ayudarme, no lo hagáis. Ahora me encuentro mejor... Puedo hallar el camino yo sola. Pero tened presente que, en caso de que decidáis ayudarme, sabré mostrarme agradecida.

–¿De veras? ¿Y qué vais a darnos a cambio de salvaros la vida? ¿Uno de esos preciosos cabritos por los que estáis empeñada en arriesgarla?

La anciana los miró escandalizada.

–¡Desde luego que no! Son mis únicos amigos... ¡Mataría a quien se atreviese a ponerles un dedo encima!

Duncan y Sirio intercambiaron una mirada de complicidad. Ambos estaban convencidos de que la anciana no estaba muy bien de la cabeza, así que decidieron seguirle la corriente.

–Entonces, vuestro agradecimiento... –comenzó a decir Duncan con fingida inocencia.

La anciana clavó en el joven sus ojos grises y penetrantes, como si estuviera intentando bucear hasta lo más profundo de su corazón.

–Mi agradecimiento puede proporcionaros los dones más valiosos que hayáis poseído nunca –dijo suave-

mente–. Y me consta que habéis poseído, y que poseéis todavía, toda clase de objetos valiosos.

Duncan abrió la boca y se olvidó de cerrarla durante unos instantes, desconcertado por aquellas palabras.

–No entiendo lo que queréis decir –balbuceó.

–Un deseo –dijo la anciana en tono impaciente–. Si me lleváis a mi casa al otro lado del lago, os concederé un deseo. Pero tiene que ser ahora, ahora mismo.

–¡Claro, es una bruja! ¿Quién si no podría vivir en un lugar como ese? –bufó el anciano Sirio en tono sarcástico–. Se nota que estamos llegando a If.

–No soy ninguna bruja –dijo la anciana encarándose con el viajero–. Me estáis insultando.

–Claro que no lo sois. Las brujas no existen. No sois más que una vieja chiflada. Y lo mejor que podéis hacer es quedaros callada hasta que pase la tormenta, si de verdad queréis volver a ver vez vuestros animales.

–Vamos, Sirio, no seas duro con ella –se interpuso Duncan–. Esos animales son su más preciada posesión, lo que más ama en el mundo. No os preocupéis, señora, os llevaremos a vuestra casa ahora mismo. Es decir, si logramos encontrarla...

La anciana comenzó a dar palmaditas, como una niña.

–¡Gracias! ¡Gracias! Estoy segura de que sabré guiaros... ¡Lo malo es que apenas puedo caminar!

–Montaréis en la grupa de mi caballo –gruñó Sirio–. Es muy fuerte, y podrá llevarnos sin problemas a los dos.

La anciana se puso en pie trabajosamente y, apoyándose en el brazo de Duncan, se acercó a la entrada de la gruta, donde los viajeros habían dejado atadas sus cabalgaduras. Pero cuando Sirio, después de apagar la hoguera, se acercó a ofrecerle su ayuda para montar, la anciana retrocedió, asustada.

–¿En ese caballo? No, no puedo montarme en él, ¡me da miedo! ¡Parece muy nervioso! Ese otro tiene aspecto de ser más pacífico... Lo prefiero.

El joven Duncan le puso una mano en el hombro.

–Mi querida señora, me temo que eso es imposible. El caballo se ha lastimado en una pata, no podría llevarnos a los dos.

–Pero yo soy muy ligera, ¿no lo veis? –replicó la anciana mirándole fijamente–. Peso menos que una pluma.

–Oíd, buena mujer –intervino Sirio, furioso–. Si queréis que os ayudemos a llegar a vuestra casa, tendréis que obedecer nuestras órdenes. El caballo de Duncan es para Duncan, ¿entendido? No puede cargar con más peso, por muy ligera que seáis. Así que, o aceptáis montar en mi caballo, u os quedáis aquí sola a esperar la muerte.

La anciana lo miró con una extraña sonrisa.

–En ese caso, me quedaré aquí –dijo–. Vuestro caballo no me gusta.

Los dos viajeros se miraron sin saber qué hacer.

–Está bien, montad en mi caballo –decidió al fin Duncan–. Yo iré a pie, así no lo sobrecargaremos.

–¿Vais a hacerle caso? –protestó Sirio–. ¡Está chiflada! ¡Quiere hacernos buscar su casa en medio de la ventisca, al anochecer, y para colmo se atreve a pediros vuestro caballo, sin importarle que vos tengáis que ir caminando!

Lanzó a la anciana una mirada fulminante, con la esperanza de lograr que se sintiese culpable. Pero la anciana continuó sonriendo inocentemente.

–Gracias, señor –le dijo a Duncan ignorando totalmente las palabras de su compañero–. Gracias por no despreciar las manías de una pobre vieja.

Duncan le respondió con una leve inclinación de cabeza, y sujetó de las riendas a su caballo para permitirle que montara. La anciana lo hizo con sorprendente agilidad.

–Duncan, os ruego que aceptéis mi montura... –comenzó Sirio.

Pero el joven hizo un gesto negativo con la cabeza y condujo a su caballo al exterior de la gruta.

–¡Sabía que me diría que no! –refunfuñó su compañero–. Cuando algo se le mete en la cabeza...

Él también montó en su caballo y salió a la ventisca.

Fuera, el viento ululaba con mayor fuerza que nunca, y sus ráfagas iban tan cargadas de nieve que abofeteaban a los viajeros como invisibles manos heladas. Los copos blancos se arremolinaban en el aire, impidiendo distinguir el paisaje a más de diez pasos de distancia. Protegiéndose el rostro bajo la capucha de pieles de su capa, Duncan avanzaba a trompicones sobre el desigual terreno de la pendiente, tanteando cada paso con cuidado para no resbalar. Sobre su caballo, la anciana se mantenía curiosamente erguida canturreando una cancioncilla que sus acompañantes no habían oído jamás. Avanzaron así durante casi dos horas, dejándose guiar por las explicaciones de la anciana, que cada poco les hacía variar ligeramente el rumbo. Por fin, al alcanzar un blanco escarpe de roca, comprobaron que habían llegado a lo más alto de aquella ladera. A partir de allí, se extendía una amplia llanura nevada cuyo final no se veía. Justo en ese momento, el viento cesó bruscamente y los últimos copos de nieve flotaron unos instantes bajo el cielo estrellado antes de depositarse en el suelo.

–¡Vaya, la ventisca ha cesado de repente! –observó Sirio–. Por fin algo a nuestro favor.

Duncan dio unos saltitos para entrar en calor, pues, a pesar de la gruesa suela de sus botas, tenía los pies helados después de tanto tiempo caminando sobre la nieve. Sirio aprovechó el cese del viento para encender un farol.

–¿Dónde está el lago? –preguntó mirando a la anciana–. ¿Estáis segura de que vamos por el buen camino?

–Está ahí, ¿no lo veis?

Los dos viajeros miraron hacia la llanura y descubrieron que, a escasa distancia del lugar donde se encontraban, esta aparecía interrumpida por una gran extensión de agua helada.

–¿Es eso? –preguntó Sirio frunciendo el ceño–. No nos dijisteis que se había helado...

–¿Y qué esperabais? A comienzos del otoño, y en estos parajes... Mi casa está justo al otro lado.

–Supongo que podremos rodearlo –sugirió tímidamente Duncan.

La anciana suspiró con tristeza.

–Me temo que eso va a ser imposible, mi querido joven –dijo–. El terreno que rodea el lago está enteramente cubierto de agujas de lava. Los caballos no podrían avanzar por ahí... Se destrozarían los cascos.

Una vez más, Sirio y Duncan se miraron consternados.

–Pero ¿cómo vamos a atravesar el lago? –murmuró el más joven de los dos viajeros–. Ese hielo parece muy frágil... Mirad, incluso está roto en algunos puntos. Es muy peligroso para los caballos.

–Tenéis razón –suspiró la anciana–. Y creo que vuestro caballo ya ha sufrido bastante por hoy. Será mejor que lo descargue de mi peso. Así no sufrirá tanto.

–¡Pero vos no podéis caminar! –objetó el muchacho–. Estáis demasiado débil.

–Es cierto. Pero ese no es vuestro caso. Sois un joven muy fuerte, se ve en seguida... Me llevaréis vos.

Al oír aquello, Sirio se puso rojo de cólera. A la luz vacilante del farol, sus cejas contraídas le daban un aspecto francamente amenazador.

–Olvidaos de eso –dijo con voz firme–. Ya hemos tenido demasiada paciencia con vuestras estupideces. Si no os mostráis más razonable, os dejaremos aquí. Arregláoslas como podáis... Y si morís de frío, peor para vos. Hemos hecho cuanto estaba en nuestras manos para ayudaros.

Por toda respuesta, la anciana saltó ágilmente del caballo y dio dos pasos hacia Duncan. Luego se tambaleó unos instantes y cayó al suelo.

–Vuestro compañero es cruel y despiadado –dijo en tono quejumbroso–. Solo quiere librarse de mí... Pero vos sois distinto. Sé que me ayudaréis. Además, no debéis olvidar lo que os dije antes. Si me dejáis en mi casa sana y salva, os concederé un deseo.

El joven sonrió.

–No os preocupéis por eso –dijo mirando con simpatía a la mujer–. Vamos, echadme los brazos alrededor del cuello. Os llevaré sobre mi espalda. Sirio, tú ocúpate de Sith –añadió arrojándole las riendas de su caballo al anciano.

Sin embargo, Sirio no parecía dispuesto a aceptar aquella solución tan fácilmente.

–¡Has perdido la cabeza! –gritó–. ¡No puedes hacer eso! ¡No tienes fuerzas! ¿Es que has olvidado quién eres?

Mientras el anciano hablaba, Duncan ya se había internado en el hielo con la anciana cargada sobre su espalda. Su compa-

ñero se le quedó mirando unos instantes con gesto de desesperación. Luego, reaccionando por fin, se decidió a seguirlos.

Había dejado de nevar, pero hacía más frío que nunca. En aquel aire gélido, las estrellas brillaban como lejanos carámbanos de plata. Duncan avanzaba con precaución sobre el agua congelada, midiendo cuidadosamente cada uno de sus pasos, aunque manteniendo un ritmo de marcha constante, para evitar los resbalones. A menudo, el hielo crujía bajo sus pies, y tenía que saltar rápidamente para no provocar su rotura. A pesar de su agilidad, en un par de ocasiones no fue lo suficientemente rápido, y sintió cómo la fina costra helada se quebraba bajo sus botas. A medida que se internaban en el lago, le parecía que la anciana pesaba cada vez más. Una impresión debida, sin duda, al cansancio...

Llegó un momento en que el joven perdió la noción del tiempo. Oía la voz de Sirio a su lado, pero no conseguía entender lo que decía. Caminaba maquinalmente, dejando que sus agotados pies lo llevasen, sintiendo cómo la fiebre le congestionaba la cabeza, impidiéndole pensar... La única idea que acudía una y otra vez a su cerebro era que no debía haberse dejado convencer

tan fácilmente por las súplicas de la anciana. Había sido una temeridad... En cualquier momento, el hielo podía romperse, y ambos perecerían ahogados en las sombrías aguas del lago. En el futuro, tendría que confiar menos en su intuición... ¡si es que lograba salir de aquella!

De pronto, sintió bajo sus botas el contacto mullido de la hierba. Habían llegado a la otra orilla del lago. Rápidamente, la anciana saltó al suelo y corrió como una chiquilla hacia una pequeña cabaña que había en la costa. La proximidad de su casa parecía haberla rejuvenecido al menos treinta años.

–¡Vamos, venid a calentaros! –les gritó a sus salvadores desde el umbral de la choza–. Os prepararé una buena sopa... Es lo menos que puedo hacer por vosotros, después de lo que habéis hecho por mí.

Duncan se dispuso a dar un paso, pero sus entumecidos miembros vacilaron, y habría caído si su compañero no hubiese estado a su lado para sostenerle.

–¡Qué locura! –le regañó Sirio–. Estáis a punto de desmayaros... Si hubiera sabido que no ibais a hacer el menor caso de mis consejos, no habría venido con vos.

–Vamos, Sirio, no exageres –repuso su compañero con voz débil, mientras ambos caminaban hacia la cabaña–. Ha sido una tontería, es verdad. Pero ya ha pasado, y estoy bien... Además, la anciana no mentía. ¡En este momento, lo que más deseo es un buen cuenco de sopa, así que realmente va a concederme un deseo!

Aquella salida logró arrancarle al malhumorado Sirio una sarcástica carcajada. Cuando amo y criado entraron en la cabaña de la anciana, ambos sonreían aún.

Les sorprendió encontrar la mesa ya puesta y tres humeantes cuencos de sopa sobre el mantel. Tanto Sirio como Duncan se precipitaron sobre los suyos, bebiéndose su contenido de un trago. La anciana los observaba con gesto complacido.

–¿Por qué no os quitáis la capa? –le dijo a Duncan–. Está húmeda, y sería conveniente que la pusieseis a secar cerca del fuego.

El joven le dio las gracias cortésmente, pero rechazó su ofrecimiento. Sirio, en cambio, sí se quitó su empapado manto de pieles.

–¿Cómo os llamáis? –preguntó dirigiéndose a la vieja.

–Me llamo Jana –repuso esta sin despegar los ojos del joven Duncan–. Y he de decir que me habéis sorprendido gratamente. No esperaba que... que un muchacho demostrase tanto valor. Su confianza en sí mismo ha sido lo que le ha permitido atravesar el lago llevándome a hombros. Otros muchos más fuertes que él no lo habrían conseguido. El país de Kildar debe enorgullecerse de vos.

Aquellas palabras hicieron reaccionar de un modo extraño al joven, que palideció intensamente. Con un gesto instintivo, se echó la capucha hacia delante, como intentando ocultar su rostro.

–Espero que aceptéis mi hospitalidad por esta noche –continuó la anciana, sin darle importancia a aquella reacción–. La casa es pequeña, pero confortable. Creo que lo mejor será que descanséis aquí durante unos cuantos días antes de reemprender el camino. Aquí nunca falta un buen fuego para calentarse, ni una gruesa y cálida manta... Además, tengo víveres almacenados para todo el invierno.

–Aceptaremos de buen grado vuestra hospitalidad por esta noche –dijo Sirio–. Pero mañana reemprenderemos el camino. Nos dirigimos a If. Y no podemos perder ni un solo día.

La anciana le miró con curiosidad.

–De modo que a If... No son muchos los viajeros que se atreven a intentar un viaje semejante. La Cordillera es muy peligrosa... Yo, en vuestro lugar, no intentaría atravesar el Valle de Mármol hasta la primavera.

–Desgraciadamente, no podemos esperar tanto –murmuró Duncan–. Debemos llegar a If a tiempo para las bodas del príncipe. Como miembro de la nobleza de la frontera sur de Kildar, estoy invitado a los esponsales, que se celebrarán en la ciudad de Aquila, y queremos estar allí para cuando el gran acontecimiento se produzca. Además, Sirio, mi hombre de confianza, tiene ciertos proyectos comerciales... Desea asociarse con alguna compañía de navegantes de If para crear una ruta comercial entre los dos países.

–¿Por mar? –se extrañó la anciana.

–La alianza entre If y Kildar nos permitirá navegar sin peligro por el Mar de las Visiones –intervino Sirio–. Es una gran oportunidad para hacer negocios. Todos estos años al servicio de mi señor Duncan me han permitido reunir algunos ahorros, y creo que ha llegado el momento de emplearlos. Quiero ser el primero en aprovechar la nueva situación... Si no, otros lo harán en mi lugar.

La anciana le miró de arriba abajo, y una sonrisa burlona afloró a sus labios.

–Todo eso está muy bien –aprobó–. Pero que muy bien. Sin embargo, no entiendo por qué os preocupáis tanto. Después de todo, ¿qué más da que lleguéis unos meses antes o unos meses después? La boda no puede celebrarse sin vosotros.

Duncan se estremeció visiblemente al oír aquello.

–¿Por qué... por qué decís eso? –acertó a preguntar–. Solo soy un caballero de la nobleza rural. Mi presencia no es tan importante...

La anciana emitió una aguda risilla.

–¿De veras? –preguntó con ironía–. Pues yo creo que os equivocáis... Según tengo entendido, el príncipe de If va a casarse con la princesa Dahud, ¿no es eso?

Sus dos huéspedes asintieron con la cabeza.

–En ese caso, es obvio que no podrá casarse antes de que la princesa Dahud llegue a su territorio. Y el momento en que eso ocurra depende de vosotros. Porque vos, mi querido muchacho, no sois en realidad ningún caballero del sur del reino... sino la mismísima princesa Dahud.

Un pesado silencio siguió a aquellas palabras, quebrado únicamente por el chisporroteo del fuego en la chimenea.

–¿Cómo lo habéis sabido? –musitó después de unos instantes el viejo Sirio, que se había puesto pálido como la cera.

La anciana se encogió de hombros.

–Su forma de caminar sobre el hielo, deslizándose como si bailara, no era propia de un muchacho, sino de una mujer educada en la corte –respondió con aire reflexivo–. Por otro lado, la fuerza de sus músculos, capaces de sostenerme durante tanto tiempo, solo podía corresponder a alguien entrenado en el oficio de las armas. Todo el mundo sabe que el difunto rey se empeñó en que su única hija fuese instruida en el arte de la guerra como un varón. Por eso, comprendí que la joven que me llevaba sobre sus hombros no podía ser otra que la princesa Dahud.

Por toda respuesta, la princesa, ya desenmascarada, se echó hacia atrás la capucha que le ocultaba el rostro. Llevaba el largo cabello negro sujeto en la nuca, a la manera de los muchachos; pero, aun así, la delicadeza de sus facciones y la dulzura de sus grandes ojos azules revelaban su condición de mujer.

–Mejor será que no hagáis ese gesto a menudo si queréis pasar desapercibida –dijo la anciana sonriendo–. Sois demasiado hermosa para pasar por un muchacho.

–Es lo que vengo diciéndole desde el principio –suspiró Sirio–. Pero no me hace ningún caso... ¡Si su padre levantase la cabeza!

–Quizá yo pueda ayudaros a hacer más creíble vuestro engaño. Existe una poción que, aplicada sobre el rostro, endurece la apariencia de las facciones. Se trata únicamente de un efecto óptico, y dura poco tiempo; pero quizá os podría ser de alguna utilidad.

La princesa Dahud alzó los ojos hacia la anciana con viveza.

–¡Si eso es cierto, nos ayudaría mucho! –exclamó–. Os quedaríamos eternamente agradecidos... ¿No crees, Sirio?

El aludido gruñó sin mucho entusiasmo.

–Eso de la poción me suena a brujería. Ya te dije que era una bruja. Y a mí, la magia no me gusta nada. Pero que nada.

La anciana se echó a reír.

–Sin embargo, estáis a punto de cruzar la frontera del Reino Intermedio, donde las criaturas mágicas conviven con los seres humanos en paz y armonía. En un lugar así, solo la magia puede ayudaros.

–¡Tiene razón, Sirio! Piensa que, cuando lleguemos a la corte, tendremos que enfrentarnos con ese mago que hace las veces de visir... ¡Si no recurrimos a la magia, me descubrirá enseguida!

–No veo por qué. Él no te conoce... Además, según tengo entendido, las criaturas mágicas suelen equivocarse a menudo a la hora de juzgar los asuntos humanos.

–Eso es cierto –suspiró la anciana–. Pero aun así, creo que no deberíais rechazar mi ayuda. Aunque, a cambio, me gustaría que me respondieseis a una pregunta. ¿Por qué toda esta farsa? ¿Qué teme la princesa Dahud para viajar de incógnito al país de su prometido, cuando este ha enviado el más hermoso barco de su flota a buscarla? ¿Por qué afrontar los peligros de la Gran Cordillera, cuando podríais estar navegando cómodamente en ese barco? ¿Es que desconfiáis del príncipe?

La princesa Dahud parecía abrumada ante tantas preguntas. Cruzó una fugaz mirada con su anciano sirviente antes de responder.

–Como veo que estáis bien informada acerca de los asuntos de mi reino, supongo que sabréis que mi padre me prometió al príncipe Arland el mismo día en que nací. Fui educada para cumplir ese compromiso, y no es mi intención romperlo. Pero, ahora que mi padre ya no vive, estoy obligada a pensar en el futuro del reino de Kildar. ¿Qué sucedería si mi boda con el príncipe de If perjudicase gravemente a mi pueblo? Antes de consentir en ese matrimonio, debo comprobar con mis propios ojos que el príncipe reúne las cualidades necesarias para ayudarme a aumentar la prosperidad de mi país. Y, sobre todo, debo averiguar por qué la todopoderosa dinastía de If forzó a mi padre a prometer desde la cuna la mano de su hija.

–¿Vos creéis que vuestro padre se vio forzado a sellar ese acuerdo? –preguntó la anciana.

Dahud meditó unos instantes antes de contestar.

–No exactamente –admitió–. Me consta, porque me lo dijo muchas veces, que la perspectiva de unir su dinastía con la de los míticos reyes de If le llenaba de orgullo... Pero también es cierto que, aunque hubiese sido de otro modo, no habría podido negarse a aceptar un ofrecimiento semejante. Su negativa habría supuesto una guerra con If. Se lo oí insinuar en varias ocasiones. Y supongo que no ignoraréis lo que puede ocurrirle a cualquier país que se atreva a enfrentarse al ejército del Reino Intermedio... Sería barrido de la faz de la Tierra.

Mientras Dahud hablaba, la anciana se había levantado de la mesa y había puesto una caldera de cobre llena de agua al fuego.

–Si no he entendido mal, no son los motivos de vuestro padre lo que os intriga, sino los motivos del difunto rey de If, el padre del príncipe –murmuró sin volverse.

Dahud asintió.

–Habéis acertado; llevo toda mi vida preguntándome cuáles pudieron ser esos motivos. El rey Melor podría haber conseguido para su hijo una heredera mucho más poderosa que yo. Todos los reinos del mundo se pelearían por una alianza semejante... ¿Por qué nos eligió a nosotros?

–Quizá vos lo sepáis, Jana –dijo Sirio en tono burlón–. Después de todo, sois una bruja...

Sin embargo, la anciana no pareció tomarse a broma sus palabras.

–Justo antes de que el pacto se sellara, el príncipe Arland, que entonces contaba tan solo tres años de edad, estuvo gravemente enfermo. ¿Sabíais eso?

Dahud, sorprendida, negó con la cabeza.

–No conozco los detalles de su dolencia, pero sé que, durante meses, los médicos temieron por su vida. Y luego, de la noche a la mañana, sanó... Fue entonces cuando su padre, el rey Melor, selló el compromiso de boda con vuestro padre, el rey de Kildar. Es todo lo que puedo deciros.

–¿Creéis que la enfermedad del príncipe tuvo algo que ver en la decisión de su padre?

La anciana vertió unas hierbas secas en la humeante caldera que hervía sobre las llamas. Luego, regresó lentamente a la mesa.

–Es posible –murmuró–. Es posible... Pero dejemos eso ahora.

Señaló con su huesudo índice el líquido que burbujeaba en la chimenea.

–Esa es la poción que os ayudará a ocultar vuestra verdadera identidad. Dejaremos que hierva toda la noche, hasta que los últimos rescoldos del fuego se consuman. Mañana, antes de partir, llenad esta calabaza con la poción, que aún estará tibia. Todas las noches, antes de acostaros, debéis lavaros la cara con ella. De ese modo os resultará más fácil haceros pasar por un hombre.

–Y cuando desee recuperar mi verdadero aspecto, ¿qué debo hacer?

–Para eso tendréis que lavaros con agua del Lago Esmeralda. Mañana, antes de iros, podéis llenar en él vuestra cantimplora.

–¿En el lago? –se extrañó Dahud–. Pero si está helado...

La anciana rio misteriosamente.

–Agua, hielo... ¿cuál es la diferencia? –dijo haciendo una mueca–. Lo importante es que no confiéis ciegamente en los efectos de la poción –añadió poniéndose repentinamente seria–. Os lo advierto: no todo el mundo se deja engañar por ella. Por si acaso, mantened vuestro rostro oculto bajo la capucha de viaje siempre que os sea posible.

–No será muy difícil, al menos hasta que lleguemos a la corte –dijo Sirio.

–¿Cómo tenéis pensado introduciros en ella? Los círculos aristocráticos del reino de If son muy cerrados. No admiten a cualquiera.

–Lea nos ayudará. Lea es mi dama de compañía –aclaró Dahud–. Es ella la que viaja en el barco enviado por el príncipe, ocupando mi lugar. Cuando llegue a la corte, nos facilitará los medios para entrar en el célebre Palacio de Aquila.

La anciana miró a Dahud con curiosidad.

–¿Habéis enviado a vuestra dama de compañía en vuestro lugar? El príncipe de If se pondrá furioso si descubre el engaño –dijo pensativa.

–No lo descubrirá. Lea es muy lista. Fue ella misma quien se ofreció a sustituirme cuando le expliqué mi plan.

Jana arqueó las cejas, sorprendida.

–Una muchacha valiente –observó–. No quiero ni pensar lo que podría ocurrirle si el mago Astil se enterara de quién es en realidad.

La anciana siguió hablando durante unos instantes, pero Dahud estaba tan cansada que perdió el hilo de la conversación. La invadía una agradable somnolencia, y sentía un suave cosquilleo en sus brazos y piernas adormecidos...

–No me estáis escuchando –dijo la anciana, sacudiéndola por un hombro–. Os vence la fatiga... Es comprensible. Arriba encontraréis dos camas limpias y una jarra de agua tibia para lavaros. Mañana, antes de iros, podéis tomar de la despensa todas las provisiones que os apetezcan.

—¿Vos no estaréis aquí? —preguntó Dahud, reaccionando.

—Tal vez no. Debo recoger algunas hierbas con el rocío de la aurora.

—¡Pero si está nevando! —objetó Sirio.

—Cada día es distinto del anterior. Quién sabe lo que nos deparará el día de mañana... Una última cosa. Cuando os pedí que me trajeseis a mi casa, os ofrecí algo a cambio, ¿lo recordáis? Dije que os concedería un deseo.

Dahud enrojeció, azorada.

—No os preocupéis por eso. La poción que habéis preparado para mí es recompensa suficiente por el servicio que os hemos prestado...

Pero la anciana alzó la mano imperiosamente, indicándole que se callara.

—Una promesa es una promesa —insistió—. Vuestro deseo se cumplirá. Pero, para ello, debéis escucharme con atención. Una vez que hayáis traspasado la Cordillera, al otro lado de la frontera de If, encontraréis el bosque de Lug. La mayoría de los viajeros lo atraviesan de día, y ni siquiera se atreven a hacer alto para comer o descansar, pues el bosque tiene fama de peligroso... Sin embargo, vosotros no debéis seguir su ejemplo. En un claro de ese bosque hay un gran árbol petrificado. Muy cerca, se alza una torre donde se encuentra encerrado un prisionero. Liberad al prisionero y vuestro deseo, princesa, se cumplirá.

Dahud alzó los ojos hacia la anciana, perpleja. Sin embargo, para su asombro, comprobó que ya no estaba allí.

–¿Adónde ha ido? –preguntó mirando a Sirio.

–Yo... no lo sé. Estaba distraído... La verdad es que no entiendo nada. ¿Cuál fue vuestro deseo, princesa?

Dahud miró a su compañero sin comprender.

–¿Mi deseo? ¡Pero si yo no he deseado nada! Y mucho menos liberar a un prisionero... ¿Qué clase de recompensa es esa?

–Ninguna; no es más que un último encarguito de esa vieja loca. Ha sido amable con nosotros, es verdad. Pero es una bruja... Y ya te he dicho que no me fío de las brujas.

Esta vez, en su tono no había ninguna mofa, sino una genuina preocupación.

–Si quieres mi opinión, lo mejor será que nos vayamos a dormir y que partamos mañana al amanecer –añadió–. No debemos quedarnos aquí ni un minuto más de lo necesario.

–Tienes razón. Vayámonos a dormir. Mañana veremos las cosas con más claridad.

En la buhardilla, tal y como les había indicado la anciana, encontraron dos lechos mullidos y calientes. Tanto Dahud como su sirviente se durmieron en el mismo instante en el que se acostaron. No se despertaron hasta bien entrada la mañana, cuando el sol que se filtraba por la ventana cayó de lleno sobre sus rostros.

Al ir a lavarse, encontraron el agua de la jarra aún tibia, como si acabasen de subírsela. Sin embargo, cuando descendieron las escaleras, no vieron a nadie en el piso de abajo. Sobre los rescoldos de la chimenea, la caldera que contenía la supuesta poción mágica seguía humeando. Dahud tomó un cazo de cobre de la pared y llenó con aquel líquido una calabaza hueca. Luego, con manos temblorosas, mojó un trapo en los restos del brebaje y se lo aplicó sobre el rostro.

Sirio, al verla, frunció el ceño.

–Esa vieja tenía razón –gruñó descontento–. Más vale que el agua del lago pueda borrar los efectos del hechizo y devolverte tu bonita cara algún día, porque, si no, te aseguro que será el príncipe Arland el que se niegue a casarse contigo.

Cuando abrieron la puerta de la cabaña, tuvieron que frotarse los ojos para comprobar que no estaban soñando. Fuera, el hielo que cubría el lago se había fundido por completo, y sus aguas exhibían ahora una intensa tonalidad esmeralda. A su alrededor, la nieve continuaba cubriendo el paisaje, tan inmaculada como si acabase de caer.

–¿Qué ha ocurrido? –se preguntó Dahud en voz alta–. ¿Qué le ha pasado al lago? Todo esto es muy extraño...

–Será mejor que vayas acostumbrándote a las cosas extrañas –murmuró Sirio hundiendo su cantimplora en las plácidas aguas de la orilla–; porque, si todo va bien, antes de dos días habremos entrado en el reino mágico de If.

3

–No puedo creerlo –murmuró Sirio tirando de las riendas de su caballo, que se detuvo en seco–. ¿Estás viendo lo mismo que yo?

La princesa también detuvo su montura y contempló asombrada la curiosa silueta que se erguía ante ellos, en un pequeño claro del bosque.

–Un árbol petrificado –murmuró–. Es impresionante... Pero no veo ninguna torre cerca.

–¡Claro que no hay ninguna torre! Esa bruja solo quería tomarnos el pelo... ¡Cómo ha debido de reírse a nuestra costa!

–No seas injusto –le reconvino su compañera–. Después de todo, la poción que me dio funciona... No estaba loca, y tampoco pretendía reírse de nosotros.

Sirio se encogió de hombros, enfadado.

–Está bien, como tú quieras –refunfuñó–. Era una bellísima persona... Pero ahí no hay ninguna torre, así que ¡vamos! Estoy deseando salir de este lugar. Nunca he visto árboles más sombríos, y esos ruidos... Todo esto es muy siniestro.

Antes de que terminara la frase, Dahud había comenzado a reírse.

–No puedo creérmelo, Sirio... ¡Estás asustado! ¡Tú, haciendo caso de todas esas viejas supersticiones!

–Estamos en If, princesa, no lo olvides... Aquí las cosas son diferentes.

–Pero la ciencia es la ciencia en todas partes, ¿no? Y tú eres un científico.

–Es cierto: me fío de mi brújula y de mis mapas, pero no me fío de las brujas que me encuentro por los caminos. Venga, sigamos adelante.

Por toda respuesta, Dahud saltó de su caballo y ató las riendas a un roble cercano.

–No te impacientes. Solo quiero echar una ojeada –dijo en tono de disculpa–. A lo mejor, ahí en el claro hay ruinas de una torre, o algo parecido... Siento curiosidad.

Comprendiendo que no valía la pena oponerse a los deseos de su señora, Sirio, con un suspiro, también se apeó de su cabalgadura. Pero Dahud le detuvo con un gesto.

–No, tú espérame aquí –ordenó–. No debemos dejar sin vigilancia a los caballos.

Y sin esperar respuesta, se dirigió hacia el claro del bosque, abriéndose camino entre las zarzas.

Sirio la observó alejarse mientras acariciaba distraído el lomo de su alazán.

–Tranquilo, pequeño –le susurró–. Enseguida nos iremos.

Armándose de paciencia, sacó un mendrugo de pan de sus alforjas y lo mordisqueó, mientras pisaba deliberadamente unas hojas secas del suelo para oír su crujido.

Luego alzó de nuevo los ojos hacia el claro del bosque y se quedó mirando a Dahud mientras esta exploraba el lugar. Algo en sus movimientos le llamó la atención, llenándolo de extrañeza.

La princesa regresó poco después, defraudada.

–Tenías razón –dijo–. Ahí no hay nada... La verdad es que no sé qué esperaba encontrar.

Se disponía a subirse de nuevo a su caballo cuando su compañero la retuvo, asiéndola por un brazo.

–¿Por qué te movías de un modo tan raro? –preguntó mirándola a los ojos.

Dahud le devolvió la mirada, sorprendida.

–¿Qué quieres decir? Solo he explorado un poco el terreno, nada más.

Pero Sirio seguía observándola con insistencia.

–¿De verdad lo has hecho sin darte cuenta? –preguntó.

–No te entiendo... ¿A qué te refieres?

–Todo el tiempo, mientras explorabas los alrededores del árbol petrificado, has estado evitando una zona muy cercana a él. Te movías en círculos a su alrededor, sin pisarla nunca... No sé, me ha parecido extraño.

Dahud volvió los ojos hacia el claro que acababa de inspeccionar.

–¿Estás seguro de lo que dices? Yo creo haberlo explorado todo...

–Pues te aseguro que no lo has hecho. Cuando llegabas a ese lugar lo rodeabas, como si hubiese algo en él, un obstáculo... ¡Pero no había nada!

–¿Dónde dices que era?

–Un poco a la derecha del árbol. Te repito que era muy raro.

Dahud se giró hacia él con decisión.

–Voy a volver –dijo–. Esta vez, no dejaré ni un solo rincón sin explorar. Tú quédate aquí y no me pierdas de vista. Si notas algo raro, avísame, ¿de acuerdo?

Sirio asintió y la observó alejarse de nuevo con expresión disgustada. Se arrepentía un poco de haberle contado a Dahud lo que le había visto hacer... Si se hubiese callado, la princesa se habría olvidado de la torre y ambos estarían buscando de nuevo la salida del bosque, que era lo que él quería. Sin embargo, había hablado... Y ni siquiera entendía por qué.

Cuando Dahud volvió a hallarse en las proximidades del árbol petrificado, Sirio la vio ejecutar una vez más aquel extraño recorrido circular en torno a un obstáculo invisible. Y lo más curioso era que ella no parecía darse cuenta.

–¿Por qué evitas ese círculo de hierba? –le gritó–. Lo rodeas como si fuese un estanque...

Pero las últimas palabras murieron en sus labios antes de llegar a terminar la frase. Y es que, mientras las pronunciaba con la vista clavada en la princesa, esta, de pronto, desapareció. No era que se hubiese alejado del claro del bosque o que hubiese quedado oculta momentáneamente detrás de unos arbustos; no. Sencillamente, se había volatilizado ante sus ojos.

Sintiendo una insoportable opresión en el pecho, Sirio avanzó con cautela hacia el claro del bosque que acababa de inspeccionar la princesa. En su centro, aislada y siniestra, se alzaba la negra silueta de aquel árbol muerto y fosilizado. Visto de cerca, el árbol parecía bastante más alto que todos los demás árboles del bosque. En realidad, había algo antinatural en su descomunal tamaño. Sirio caminó a su alrededor como sonámbulo, buscando con los ojos a la princesa. Avanzaba sin prestar atención al desigual terreno esmaltado de hierba, escuchando los apagados sonidos del bosque. Deambuló durante largo rato por las inmediaciones del árbol seco, cambiando constantemente de dirección. Había perdido la noción del tiempo.

De pronto, sintió que algo le sujetaba de la manga. Al volverse, observó horrorizado una blanca y delicada mano que, suspendida en el aire, tiraba de él con violencia. Un segundo más tarde, todo se oscureció a su alrededor, y su cuerpo tropezó con algo duro. Cuando sus ojos se habituaron a aquella penumbra, vio a Dahud a su lado. Y también vio que estaban dentro de una especie de mazmorra circular con los muros de piedra y sin ninguna ventana.

–¿Qué lugar es este? –preguntó temblando–. ¿Qué ha ocurrido?

–La anciana tenía razón –dijo suavemente Dahud–. Había una torre... solo que no podíamos verla. Supongo que algún tipo de sortilegio la vuelve invisible para los viajeros que cruzan el bosque, y les hace evitarla inconscientemente cuando pasan por aquí... Pero ahora estamos dentro.

–Ya... Pero ¿por qué? ¿Cómo hemos entrado?

–No sé... Después de lo que tú me dijiste, miré a mi alrededor con más atención. De repente, entendí lo que me decías. Era cierto, estaba evitando una zona del claro como si, de algún modo, mi mente supiera que allí había algo, un obstáculo que me impediría pasar... Así que, haciendo lo contrario de lo que me ordenaba mi instinto, caminé en esa dirección, a ver qué ocurría. Y entonces, de repente, me vi aquí dentro. Luego, no sé cómo, la pared de piedra se volvió transparente por un momento y te vi con toda claridad muy cerca de mí, al otro lado. No lo pensé más y tiré de ti. Quizá no debí hacerlo.

Sirio suspiró con resignación.

–¡Qué más da! Ahora ya no tiene remedio. Solo espero que podamos salir de aquí con la misma facilidad con la que hemos entrado.

—Yo también —murmuró Dahud—. Este lugar me da miedo. Parece muy grande... Y ese goteo incesante que se oye allá abajo...

Sirio se estremeció y observó las paredes que lo rodeaban. Por un momento, la oscura piedra de los muros pareció transformarse en cristal, filtrando la claridad del exterior y el reflejo verdoso de la hierba. Pero fue solo cuestión de unos segundos... Luego, el extraño efecto cesó, y las rocas de los muros se mostraron de nuevo tan sólidas y sombrías como al principio.

—¿Tú crees que tendremos que volver a atravesar esa pared? —le preguntó a la princesa—. Puede que sea mágica, pero parece bastante resistente. Si nos lanzamos contra ella, es muy posible que nos rompamos el cráneo...

Dahud le interrumpió con un gesto.

—Calla —susurró—. ¿Has oído eso?

Sirio la miró aterrado. Era imposible no haber oído aquel bramido ensordecedor que parecía ascender desde las entrañas de la Tierra, retumbando en el muro de roca.

—Vámonos de aquí —tartamudeó el anciano—. Hay algo horrible ahí abajo, y no quiero esperar a que suba.

—No esperaremos a que suba —murmuró Dahud con decisión—. Bajaremos nosotros.

Sirio buscó su mirada en la oscuridad.

—¿Te has vuelto loca? ¿Es que no has oído... eso? No era un animal, estoy seguro. No existe ningún animal capaz de emitir ese sonido... Era otra cosa, Dahud, algo mucho peor.

Sin embargo, la princesa no parecía impresionada.

–¿Recuerdas las palabras de la anciana? Dijo que en la torre había un prisionero, y que debíamos liberarlo... Ahora sabemos que no mentía cuando habló de la torre. Eso significa que quizá el resto de la historia también sea verdad. Vamos a ver quién hay ahí abajo. Si es el prisionero del que nos habló esa mujer, lo liberaremos.

–Espera, Dahud. Medita bien lo que vas a hacer. ¿Y si todo lo que nos dijo la anciana fuese una trampa? Era una bruja, una hechicera... ¿Por qué confiar en ella?

Sintió entonces el contacto de la mano de Dahud sobre su hombro.

–Sirio, tú eres un hombre de ciencia –repuso la joven con suavidad–. Has sido mi maestro durante muchos años, y siempre, desde que era pequeña, te he oído hablar de la superioridad de nuestros saberes humanos sobre las artes mágicas de los inmortales. Por eso te he traído conmigo en este viaje. Ahora tienes la oportunidad de demostrar tu teoría. Sea lo que sea lo que nos espera ahí abajo, nosotros tenemos medios para defendernos. ¿Llevas encima esa arma de tu invención?

–¿La Saeta de Pólvora? –repuso Sirio sintiendo que el corazón le latía con inusitada violencia–. Sí, la traigo conmigo.

–Me dijiste que era capaz de disparar proyectiles ardientes como fuego a una velocidad de vértigo.

–Es cierto. Su fuerza es tanta que podrían atravesar una pared.

–Entonces, ¿qué tenemos que temer? Con mi espada y tu arma de pólvora, podemos enfrentarnos a cualquier peligro.

Antes de que Sirio tuviese tiempo de contestar, un nuevo bramido ascendió de las profundidades de la tierra, más grave y amenazador aún que el primero.

–¿Por dónde se baja? –comenzó a preguntar al anciano–. No veo...

–Ahí, ¿ves esa hendidura en la pared? –le interrumpió la princesa–. Da a unas escaleras de caracol. Lo descubrí antes de que entraras... ¿Bajamos?

Sin esperar respuesta, Dahud se coló por la estrecha hendidura del muro y comenzó a bajar los derruidos peldaños de la escalera que había mencionado. Sirio, después de una ligera vacilación, la siguió. Habría preferido subir el tramo de escaleras que conducía a los pisos superiores de la torre, de donde provenía una débil claridad. Pero sabía que Dahud no se avendría a razones, y que no descansaría hasta descubrir la procedencia de los espantosos sonidos que les habían estremecido poco antes.

A medida que iban descendiendo por la empinada escalera, el gorgoteo del agua a su alrededor se oía cada vez con mayor intensidad. La negrura que los rodeaba habría resultado casi completa de no ser por los vacilantes reflejos luminosos que danzaban en las paredes.

–¿De dónde vienen esas luces? –susurró Sirio–. No veo ninguna antorcha.

–No lo sé. Y ese ruido de agua... He oído decir que el Mar de las Visiones tiene lenguas subterráneas que se internan cientos de millas en los territorios de If. Según dicen, a eso se debe la magia del lugar.

Siguieron descendiendo en silencio durante largo rato. Dahud asía con firmeza la empuñadura de oro de su espada, y continuaba bajando peldaño a peldaño sin mirar nunca hacia atrás. Sirio la seguía tan deprisa como podía, aunque de vez en cuando se veía obligado a detenerse para tomar aliento.

Por fin, llegaron al último peldaño de las escaleras.

—¿Qué es esto? —murmuró Dahud—. Parece una caverna.

En efecto, se encontraban en una amplia sala de roca de cuya altísima bóveda colgaban cientos de estalactitas. La piedra caliza de las paredes rezumaba humedad. En algunos lugares, las formaciones minerales del techo y los muros brillaban con innumerables destellos dorados.

Al fondo de la gruta, una figura informe y gigantesca se retorcía pesadamente en el suelo. Los dos viajeros la contemplaron fascinados. Su escamosa piel aparecía iluminada desde el interior en algunas zonas, como si un fuego diabólico ardiese bajo su superficie. De allí procedían los reflejos que habían visto oscilar sobre las paredes. Otras zonas del cuerpo de la bestia permanecían en la oscuridad. En conjunto, la criatura tenía el aspecto de un enorme reptil alado. De pronto, el ruido de los recién llegados le hizo enderezar rápidamente su larguísimo cuello. Entonces pudieron ver las anchas fosas nasales del monstruo, que exhalaban a intervalos regulares un vapor cálido y pestilente, y las dos almendras plateadas que ocupaban el lugar de los ojos. De sus babeantes fauces colgaba un amasijo de carne descompuesta.

–¿Y esta es la encantadora bestia a la que debemos liberar? –gruñó Sirio, horrorizado.

–No lo sé; tendremos que preguntárselo –repuso la princesa–. ¿Crees que entenderá el lenguaje humano?

Antes de que su compañero pudiera responderle, la joven avanzó resueltamente hacia la horrible criatura, que los observaba inmóvil.

–Hemos venido a liberar al prisionero de esta torre –dijo con voz firme–. ¿Eres tú?

Para asombro de los dos viajeros, la bestia hizo un lento movimiento negativo con la cabeza. Dahud se estremeció y, durante un momento, no supo continuar.

—¿Hay, entonces, otra criatura viva en este lugar?

Esta vez, el monstruo no hizo ningún movimiento.

Dahud dio un paso más hacia él. A su alrededor seguía resonando el gorgoteo del agua.

—Escucha, puesto que entiendes nuestro lenguaje... Ni mi compañero ni yo queremos hacerte ningún daño. Si no eres el que buscamos, seguiremos buscando en otra parte. ¿Qué tienes que decir a eso?

Esta vez, el monstruo reaccionó abriendo su horrenda boca de par en par y lanzando un rugido ensordecedor. Luego, alzándose trabajosamente sobre sus patas, se quedó mirando con fijeza a Dahud. Aquellos inmensos ojos de plata tenían algo de hipnótico y, durante unos instantes, la joven quedó atrapada en aquella mirada. Hasta que, sin transición alguna, el monstruo giró con brusquedad el cuello para tomar impulso y luego lo lanzó directamente hacia la muchacha, que cayó derribada por aquel inesperado latigazo.

Cuando pudo rehacerse, la cabeza del monstruo estaba muy cerca de ella, y podía sentir su ardiente respiración como una bofetada en sus mejillas.

Con sorprendente agilidad, Dahud desenvainó su espada y dirigió su afilada punta hacia el centro de la enorme cabeza que se bamboleaba sobre ella.

—No voy a entregarme sin lucha —dijo jadeante—. Y no te será fácil matarme.

Emitiendo un agudo siseo, el monstruo lanzó la cabeza hacia delante, abriendo mucho la boca. Su lengua bífida, roja como el fuego, vibraba entre dos hileras de puntiagudos dientes. Dahud tuvo el tiempo justo para rodar hacia un lado y evitar la embestida.

A su espalda, oyó moverse a su compañero.

—¡No hagas nada, Sirio! —le ordenó—. No ataques hasta que yo te lo diga.

Algo desequilibrado por su fallido ataque, el monstruo enderezó un instante su largo cuello. Dahud aprovechó el momento para arremeter contra él y clavarle la espada en uno de sus flancos. Pero la piel del monstruo era tan dura, que el acero rebotó en ella como si de una roca se tratase. La princesa retrocedió varios pasos, asustada. La hoja de su espada estaba mellada, y el monstruo ni siquiera había recibido un rasguño.

—Dispárale, Sirio —gritó—. Yo no puedo hacer nada...

El monstruo alzó una de sus zarpas y la descargó sobre su atacante, tirándola al suelo y colocándose sobre ella. Durante unos instantes, Dahud se debatió inútilmente, tratando de liberarse. Se oyeron varios disparos, cuyos fogonazos iluminaron como relámpagos el techo de la caverna. Sin embargo, la férrea presión del monstruo sobre la cintura de Dahud no se debilitó. Con un escalofrío de espanto, la joven oyó brotar de la ansiosa boca de la bestia un estridente cacareo que recordaba a una carcajada. Una vez más, concentrando toda su energía en sus manos, trató de desprenderse de la garra que amenazaba con asfixiarla.

—A la bóveda —exclamó, tan alto como se lo permitían sus escasas fuerzas—. Sirio, dispara a la roca de la bóveda...

No hizo falta que dijera más. Adivinando la intención de Dahud, el anciano apuntó su arma directamente hacia una descomunal estalactita que se hallaba justo encima del monstruo. El disparo fue certero... Un instante después, aquella mole de roca puntiaguda caía como un gigantesco puñal sobre la espalda del monstruo, que se desplomó bajo su peso. Aquello le hizo relajar la presión sobre su víctima, que aprovechó para escapar arrastrándose por el suelo hasta el pie de las escaleras, donde la esperaba su compañero.

El monstruo lanzaba ensordecedores alaridos.

–¿Está herido? –preguntó Dahud abrazándose a Sirio.

–Solo dolorido por el golpe –repuso el anciano, cuyos labios temblaban–. Rápido, subamos antes de que reaccione.

–Un momento, ¿qué es eso?

El disparo de Sirio había resquebrajado la bóveda de la caverna, y continuaban desprendiéndose fragmentos de piedra. De pronto, por una de las grietas empezó a caer un violento chorro de agua verdosa. Era un agua extraña, que parecía contener su propia luz, y que al chocar contra las rocas estallaba en ruidosas espumas. Fascinados por aquel espectáculo, Dahud y su compañero se olvidaron por un momento del peligro que corrían. Apenas podían comprender lo que estaba ocurriendo... Era como si el agua que caía del techo, al rozar la piel del monstruo, la disolviera en sombras. De pronto, aquella criatura tan repugnante y real que un instante antes había estado a punto de asfixiar a Dahud bajo de una de sus patas, se transformó en una silueta incierta, en una especie de presencia fantasmagórica.

Sirio lanzó un chillido.

–¡Corre, a las escaleras! –gritó–. Es el agua mágica del Mar de las Visiones... ¡Quizá haga lo mismo con nosotros!

Mientras los viajeros subían de dos en dos los irregulares peldaños de la escalera de caracol, el agua seguía cayendo a borbotones del techo de la cueva, que comenzaba a inundarse. El fragor de la cascada reverberaba en las paredes de caliza, produciendo un ruido ensordecedor. Cuando ya había ascendido unos veinte peldaños, Dahud se detuvo para mirar atrás. Allá abajo, debatiéndose entre las aguas mágicas, distinguió con toda claridad una silueta humana con los ojos de plata... Pero la visión duró solo un segundo. Un instante después, las nuevas grietas abiertas en la bóveda provocaron la aparición de una segunda cascada, que arrastró entre sus espumas aquel último vestigio del monstruo.

4

–¿Tú no lo viste, Sirio? Tenía forma humana, te lo juro. ¡Pero seguía siendo el monstruo! Me miró con esos extraños ojos plateados y, luego, las aguas se lo tragaron.

Mientras hablaba, la princesa seguía ascendiendo peldaño a peldaño la empinada escalera de caracol por la que habían salido de la gruta. Llevaban subiendo casi una hora, pero aún no habían llegado a la desnuda sala circular por donde habían entrado a la torre. Ambos comenzaban a pensar que aquella sala había desaparecido, y que tendrían que seguir subiendo para siempre.

–Es la tercera vez que me lo cuentas, princesa –gruñó el sirviente sin detenerse–. Te repito que no lo he visto... Quizá fuera una impresión tuya, nada más.

–No, estoy segura de que lo vi. La silueta encorvada de un hombre... Y luego, la tromba de agua lo arrastró. Aunque no sé si fue exactamente así. La impresión que me dio fue más bien que lo disolvía.

–Dicen que las aguas mágicas del Mar de las Visiones son letales para los seres feéricos –repuso Sirio pensativo–. Pueden navegar por ellas y sortear sus seducciones y sus trampas, pero si una gota de esas aguas roza su piel, sufren lo indecible. Y no digamos si caen en ellas... Así que, fuese lo que fuese, ese engendro de ahí abajo probablemente no volverá a hacer daño a nadie.

Siguieron ascendiendo en silencio durante unos minutos.

—Tal vez fuera él —dijo Dahud al cabo de un rato, pensativa.

—¿A qué te refieres? —preguntó Sirio.

—Al prisionero que teníamos que liberar. Quizá el monstruo fuese en realidad un ser humano hechizado, y tú, con tus disparos al techo de la cueva, has contribuido a liberarlo.

—¡Y, de paso, lo he matado! Sí, desde luego, es una liberación definitiva.

Lanzó una sonora carcajada, pero enseguida la risa se le congeló en la garganta.

—¿Qué ocurre? ¿Por qué te paras? —preguntó Dahud, que subía tras él.

–Una puerta –contestó el sirviente en voz baja–. Aquí hay una puerta que antes no estaba... Parece de acero.

–¿Puedes abrirla?

Sirio empujó suavemente la pesada lámina metálica, pero no consiguió moverla. Luego empujó más fuerte, con el mismo resultado.

Mientras tanto, Dahud le había dado alcance.

–¡Qué puerta más rara! No tiene picaporte ni cerradura... ¿Por qué no se abre?

–Eso es lo que estoy tratando de averiguar –murmuró Sirio, que se había sentado en el último peldaño de la escalera para examinar detenidamente los goznes.

–Nunca había visto nada igual –aseguró, sorprendido–. Los goznes parecen fundidos a la vez con la puerta y con su marco. Sin embargo, hay una rendija entre la hoja de acero y el marco, aunque sea mínima... Eso significa que existe alguna forma de entrar.

—¡Estupendo! —aplaudió la princesa—. Si hay una forma de entrar, tú la encontrarás, ¿verdad? Para algo tiene que servirnos el que te pasaras toda tu juventud forzando puertas.

—No hacía solo eso —precisó Sirio, ofendido—. También abría cajas fuertes, y cosas aún más difíciles. Tú no tienes ni idea de ese oficio, princesa, así que no vale la pena que entre en detalles.

—Está bien, no lo hagas si no quieres. Pero, por favor, ¡intenta abrir esa puerta!

Por toda respuesta, el criado extrajo de uno de los bolsillos interiores de su capa varias herramientas doradas de curiosa apariencia. Algunas eran largas y finas como alambres, y tenían distintos tipos de ganchos al final. Otras, más gruesas y pesadas, estaban rematadas por cuñas metálicas o por juegos de pinzas. También había varias con forma de llave inglesa o de martillo.

Dahud observaba fascinada cómo su sirviente iba probando uno tras otro todos aquellos sorprendentes instrumentos, introduciéndolos en las rendijas casi invisibles de los goznes y moviéndolos con destreza para forzar su rotura.

Finalmente, se oyó un estridente chirrido, y la hoja de acero cedió unos centímetros. Con un pequeño empujón suplementario de Sirio, la puerta se abrió del todo. Sirio tomó a su señora de la mano y ambos traspasaron juntos aquel umbral que tan largamente se les había resistido.

Lo que les esperaba al otro lado los dejó sin habla.

El lugar al que habían accedido era circular, pero mucho más amplio, en apariencia, que la parte de la torre que ya conocían. En cuanto a su altura, era tanta, que había que echar la cabeza completamente hacia atrás para divisar el techo, que parecía de cristal. Sin embargo, lo más llamativo de aquella estancia no eran ni sus dimensiones ni su forma, sino lo que contenía. Todas las paredes, desde abajo hasta arriba, estaban cubiertas por una interminable estantería en forma de hélice repleta de volúmenes bellamente encuadernados. La hélice daba miles de vueltas hasta llegar al techo, y en cada una de ellas había miles de libros cuidadosamente alineados sobre sus baldas de madera de caoba. Una biblioteca que parecía no tener fin. Paralelo a aquella maravillosa librería, un ancho corredor ascendía hasta el techo, protegido por una elegante barandilla de madera. Sobre el corredor se veía todo tipo de objetos distribuidos en sus diferentes niveles: un recio escritorio, una cama con dosel, un piano de cola, un bargueño lleno de cajoncitos de ébano y marfil... Y no solo muebles; también había esculturas de mármol, delicados relojes, lámparas de cristales de colores y llamativos juguetes en miniatura.

En el centro de aquel deslumbrante aposento, sobre una mullida alfombra redonda, alguien había colocado un par de confortables butacas de cuero. Frente a ellas, una gigantesca chimenea de piedra protegía el alegre chisporroteo de un fuego encendido.

En una de las butacas, leyendo junto a una lámpara dorada y verde, se encontraba un joven de gran estatura.

Estaba tan absorto en el contenido del libro que tenía entre las manos, que al principio ni siquiera notó la llegada de los dos extranjeros. Estos se quedaron mirándolo largo rato desde el umbral de la puerta que acababan de forzar, sin saber qué hacer. ¿Cómo era posible que el desconocido no hubiera oído el ruido que habían hecho para entrar? Resultaba increíble.

Después de unos minutos, el joven alzó pensativo la cabeza de su libro y los vio allí plantados. Su sobresalto fue mayúsculo; tanto, que se puso en pie de un brinco, arrojando involuntariamente al suelo el libro que hasta entonces le había mantenido tan ocupado.

–¿Quié... quiénes sois? –balbuceó mirándolos aterrado–. ¿Dónde está Sigmund?

–Me llamo Duncan, y este es mi criado Sirio –repuso Dahud, enronqueciendo a propósito su voz para que sonase lo más masculina posible–. ¿Y vos, quién sois?

–Yo... Me llamo Keir. Pero eso no importa... ¿Os ha traído Sigmund? ¿Dónde está?

–No sabemos quién es ese tal Sigmund –repuso Sirio en tono apaciguador–. Así que no podemos darte noticias suyas.

–Pero ¿cómo...? Solo él puede entrar y salir de aquí; nadie más... Me lo ha repetido miles de veces, aunque yo nunca he llegado a perder del todo la esperanza. ¡Si supierais cuántas noches me he quedado dormido junto a esa puerta, después de buscar la forma de abrirla durante horas! Pero todos mis esfuerzos han sido inútiles.

–¿Eso significa... que vivís prisionero en este lugar?

Keir miró al más joven de sus visitantes de un modo extraño.

–Así es –confirmó–. Nunca he salido de aquí, y no recuerdo más hogar que este.

Los dos viajeros intercambiaron una rápida mirada.

–Pero eso es imposible –dijo Sirio–. No podéis haber nacido aquí dentro... ¿Cómo llegasteis hasta esta torre?

El joven cerró los ojos un momento, intentando ordenar sus ideas. Luego los abrió de nuevo. Eran profundos y grises, y reflejaban una aguda inteligencia, pero también una honda tristeza.

–Yo mismo me he hecho muchas veces esa pregunta –repuso al cabo–. Pero desconozco la respuesta. Todo lo que sé es que siempre he vivido aquí. Lo único que conozco del exterior es el cielo estrellado que veo a través de esa bóveda de cristal por la noche, y las nubes y el sol que se suceden durante el día. De todo lo demás, solo sé lo que he leído en los libros, que es mucho. Pero los libros no son tan transparentes como ese cristal; pueden mentir... Muchas veces he detectado contradicciones entre lo que sostienen unos autores y lo que afirman otros. ¿Cómo saber quién dice la verdad y quién no? Es un gran dilema... Mi conclusión es que uno nunca puede estar seguro de que la realidad es tal y como se describe en todas esas obras. Quizá sea muy distinta... ¡Incluso he llegado a pensar, a veces, que no existe ninguna realidad fuera de esta prisión!

Los dos viajeros lo escuchaban impresionados, sin saber qué decir.

–Pero algún contacto debéis de mantener con el exterior –se atrevió a observar la princesa, ahora bajo el disfraz de Duncan–. De algún modo tienen que haceros llegar la comida, la leña para la chimenea... ¿Quién se encarga de eso? ¿Vuestro carcelero?

–Sí, supongo que se le puede llamar así... Aunque Sigmund no es solo mi carcelero. Es, por encima de todo, mi protector, mi maestro... Él me enseñó a leer y a escribir cuando era niño. Me ha enseñado casi todo lo que sé. Ha sido como un padre para mí.

Un presentimiento estremeció de pronto a Dahud.

–Ese Sigmund... ¿cómo es? –preguntó con un hilo de voz–. ¿Podríais describírmelo?

El prisionero asintió con una sonrisa.

–Desde luego. Sigmund es distinto de todas las personas cuyos retratos figuran en los libros. A veces he llegado a dudar de que sea un hombre. Siempre le hago preguntas sobre eso, pero él prefiere no contestar. Jamás habla de sí mismo, es muy reservado.

–¿Por qué dudáis de su humanidad? –preguntó Sirio, que se había puesto muy pálido.

–Sus ojos... No son los de una persona corriente. Tienen las córneas plateadas, y no hay iris en ellos. Aun así, no está ciego; tiene una vista muy penetrante.

Dahud se derrumbó en una de las butacas que había frente a la chimenea. Temblaba de pies a cabeza.

–¿Qué os ocurre? ¿Tenéis frío? –preguntó Keir, solícito.

–No es nada... Ese Sigmund, ¿os visita con mucha frecuencia?

–Suele pasar conmigo largas temporadas. Luego, desaparece durante meses, dejándome aquí solo con mis libros. Pero siempre vuelve. Estoy seguro de que nunca me abandonará.

Dahud lanzó un sonoro suspiro.

–Creo que esta vez sí os ha abandonado... y me temo que para siempre.

El prisionero la miró sin comprender.

–¿No va a volver? –preguntó–. ¿Os ha enviado a vosotros para decírmelo?

–Ha... ha sufrido un accidente –explicó Sirio poniéndose colorado–. El techo del sótano se derrumbó sobre él... Ha muerto.

El rostro de Keir se endureció.

—¿Lo habéis matado vosotros? —preguntó con voz sorda.

Sin embargo, antes de que ninguno de sus dos visitantes pudiera responder, sus facciones se relajaron.

—Entiendo —murmuró—. No lo habéis hecho voluntariamente. Él os atacó... Supongo que lo haría para protegerme.

Incapaz de contenerse por más tiempo, Sirio dio rienda suelta a su perplejidad.

—¿Para protegeros? ¿Protegeros de qué? ¿Por qué os ha tenido aquí encerrado todo este tiempo? ¿Y por qué no os alegráis, ahora que por fin sois libre? Tantos años de cautividad han debido de freíros la sesera. ¡O si no, soy yo el que se ha vuelto loco!

—Entiendo vuestro asombro. Mi caso es extraordinario. Pero todo tiene una explicación, aunque no sé si debo dárosla.

Por un momento, sus ojos se clavaron en los de Dahud, que llevaba largo rato sin pronunciar palabra. Ella bajó los párpados, turbada. Su reacción, misteriosamente, pareció convencer al prisionero.

—Está bien, os contaré lo que Sigmund me explicó. Al parecer, Sigmund era el mejor amigo de mi padre, que lo llamó en vísperas de mi nacimiento para comunicarle una triste noticia. Por lo visto, una anciana bruja había acudido a su castillo pidiendo limosna. Pero, como se la negaron, lanzó una maldición sobre el vientre de mi madre. Afirmó que el niño que estaba a punto de nacer sería incapaz de soportar el espectáculo de la miseria y la depravación humanas. Dijo que cada acto de maldad o egoísmo que presenciase le abriría una llaga en la piel, hasta terminar convertido en una especie de monstruo. Mi padre, horrorizado, le confió a Sigmund el proyecto que había fraguado para librarme de la maldición de la bruja: construiría para mí una torre fantástica y la llenaría con los más bellos frutos de la habilidad y el saber humanos. Luego, me mantendría allí encerrado para siempre, protegiéndome del resto de los seres de mi especie. De ese modo, evitaría que los crueles vaticinios de aquella mujer se cumplieran. La torre comenzó a construirse en el mayor de los secretos; pero, antes de que estuviese terminada, mi padre y mi madre, que habían acudido en peregrinación a un célebre santuario marino, perecieron en un naufragio. Como amigo de mi padre y conocedor de su triste secreto, Sigmund decidió cumplir su voluntad en lo tocante a su hijo recién nacido. Cuando la torre estuvo terminada, la llenó con los más bellos objetos y los más variados libros y se encerró dentro conmigo. Permaneció a mi lado durante años. Luego, cuando fui algo mayor, comenzó a ausentarse durante largas temporadas. Nunca he sabido adónde iba; él nunca daba explicaciones.

–¿Por qué tenía los ojos así? –preguntó Sirio–. ¿Alguna vez os habló de ello?

–Me dijo que él mismo había sido víctima de una maldición cuando era pequeño, pero nunca me dio detalles.

Sirio iba a decir algo más, pero la mirada de advertencia que le lanzó Dahud le detuvo. Estaba claro que la princesa no quería que hablase del monstruo que habían visto abajo... Al menos, por el momento.

—Me habéis hecho muchas preguntas —dijo el prisionero entonces—. Permitidme que sea yo ahora el que os haga algunas: ¿quiénes sois y cómo habéis llegado hasta aquí?

Dahud se puso en pie e hizo una leve reverencia.

—Mi nombre es Duncan, y soy un caballero de la frontera sur del reino de Kildar. He venido con mi criado Sirio para asistir a los esponsales del príncipe Arland con la heredera del trono de Kildar, la princesa Dahud.

Keir había escuchado aquella respuesta con una curiosa expresión en el semblante.

—Perdonad mi ignorancia... ¿Decís que sois un caballero? Yo he leído muchos libros en los que aparecen caballeros, pero nunca me los había imaginado así.

—¿Qué queréis decir? —preguntó Dahud poniéndose rígida—. ¿Mi aspecto no os parece lo suficientemente noble?

—No es eso —repuso el prisionero—. Es solo que... bueno, nunca me había imaginado que un caballero pudiese ser tan joven.

Las facciones de la princesa se relajaron.

—Es lógico que tengáis unas ideas un tanto deformadas acerca del mundo exterior —repuso sonriendo—. Después de todo, solo lo conocéis a través de vuestras lecturas.

—Y de mis sueños —dijo Keir sonriendo también—. En mis sueños he visto muchas cosas que no están en esta torre; y algunas tampoco se encuentran en los libros que he leído.

Aquello despertó la curiosidad de la princesa.

–¿De veras? ¿Soñáis a menudo que estáis libre, en el mundo exterior? ¿Y qué soñáis exactamente? –preguntó.

Keir meditó su respuesta durante unos instantes.

–La verdad es que mis sueños son muy repetitivos –dijo al cabo–. Hay uno en el que me veo a mí mismo de niño en un barco, en medio de una gran tempestad... Luego, el barco se hunde, y yo consigo llegar hasta una playa aferrado a una tabla.

–¿No dijisteis que vuestros padres habían muerto en un naufragio? –preguntó Sirio.

–Así es, pero yo no los acompañaba. Sin embargo, ese sueño se me repite constantemente... Veo la isla, las altas copas negras de sus árboles, las aguas verdes y doradas del mar. En casi todos mis sueños aparece el mar.

–Es muy extraño –murmuró Dahud–. ¿Y en vuestros sueños nunca aparecen otras personas?

–¡Oh, sí, desde luego que aparecen! Hay un sueño en el que me rodean cientos de personas elegantemente vestidas, hombres y mujeres que me observan en silencio... Pero ya está bien de hablar de mis sueños. Me decíais que vais a una boda, la boda del príncipe Arland... ¿Quién es ese príncipe?

Sirio y la princesa lo miraron asombrados.

–¿De verdad no sabéis quién es el príncipe Arland? ¿Vuestro carcelero nunca os habló de él?

–Es la primera vez que oigo su nombre –repuso Keir–. ¿Por qué os extrañáis tanto?

–Porque Arland es el soberano del reino de If, en el que vivís –contestó Sirio.

Aquellas palabras sorprendieron mucho al joven cautivo.

—¿El reino de If? Nunca lo he oído mencionar —murmuró—. No figura en ninguno de los libros que he leído, ni tampoco en los mapas. ¿Cómo es posible?

Dahud se encogió de hombros.

—Es obvio que vuestro carcelero ha querido manteneros en la ignorancia respecto al país en el que había ocultado vuestra torre. Tal vez temía que si os enterabais de las especiales características de este reino, recurrieseis al arbitrio del príncipe Arland para decidir vuestro caso.

—¿Por qué iba a hacer una cosa así? —se extrañó Keir.

Dahud y su criado se miraron nuevamente antes de responder.

—Bueno, es una larga historia —comenzó finalmente la princesa—. Os la contaré con gusto; pero antes, si pudieseis ofrecernos algo de beber... Ha sido un día muy duro, y estamos agotados.

–Es cierto, perdonadme. No estoy acostumbrado a hacer de anfitrión; es la primera vez que alguien me visita. Venid conmigo.

El joven guio a los dos viajeros escaleras arriba, hasta la tercera galería de libros. Allí, en un ensanche del corredor, se veía una alacena llena de copas de cristal y platos de porcelana. Keir extrajo tres platos y tres copas y los depositó sobre una mesa de mármol. Luego, de un armario cercano, sacó dos botellas, un queso, un frutero lleno de exóticas frutas y una bandeja de pasteles.

El contenido de una de las botellas era completamente transparente; el de la otra tenía el color de la miel.

–Podéis beber agua o este licor, aunque os advierto que el licor es muy fuerte –dijo Keir volviéndose hacia Dahud.

–Agua, por favor –repuso la princesa sin dudarlo.

Keir le llenó la copa sin dejar de mirarla a los ojos.

–Sois un caballero muy sobrio –observó, no sin cierta ironía.

Muy a su pesar, Dahud sintió que se ruborizaba.

–Estoy sediento, y el agua quita la sed mejor que ninguna otra bebida –explicó, después de haber vaciado su copa a pequeños sorbos.

–No necesitáis justificaros –dijo el prisionero sonriendo–. Por cierto, vuestra forma de beber también es muy comedida; me había imaginado de otro modo a los hombres de armas.

–En mi país, todos los nobles, sea cual sea su situación, exhiben buenos modales –replicó Dahud conteniendo a duras penas su irritación–. Sé que no pretendíais ser impertinente, y que no habéis tenido oportunidad de aprender los usos y costumbres de las gentes civilizadas, así que no me tomaré como ofensas vuestras observaciones.

–Os lo agradezco –repuso Keir inclinando cortésmente la cabeza.

Durante un rato, el cautivo y sus dos huéspedes comieron en silencio. Sirio fue el primero en romperlo.

–No consigo comprender qué motivos pudieron mover a vuestro maestro a ocultaros todo lo referente al país en el que habitáis. Da... Mi señor Duncan tal vez esté en lo cierto; pero, aun así, se me hace extraño.

–Habéis dicho que Sigmund podía temer que solicitase el arbitrio del príncipe –recordó entonces Keir–. ¿A qué os referíais?

–Bueno, veréis –comenzó Dahud, después de apurar una segunda copa de agua–. El reino de If no es como los demás reinos. En él existe un pacto entre los seres mágicos y los humanos, en virtud del cual ambos grupos han convivido en paz durante siglos. Es el único lugar de la Tierra donde el mundo de los humanos y el mundo mágico se entremezclan. Por eso se le conoce como «el Reino Intermedio».

La princesa se detuvo para tomar aliento, y observó complacida el vivo interés que sus palabras habían despertado en Keir.

–El reino de If está aislado del resto del mundo por un peligroso mar y por una altísima cordillera. Al otro lado de la cordillera se encuentran varios países, entre ellos Kildar, de donde nosotros venimos. Para atravesar la cordillera se requiere una gran fortaleza y resistencia, porque es altísima y no existe en ella ningún puerto practicable. Por eso, casi nadie se arriesga a atravesarla. Y entre quienes lo intentan, la mayoría perecen antes de llegar al otro lado. Nosotros hemos tenido mucha suerte.

–Decid más bien que habéis sido más fuertes y valerosos que el resto –le interrumpió Keir con admiración.

–Hemos sido afortunados, eso es todo –insistió la princesa–. Pero dejadme que os siga explicando... El otro modo de llegar al reino de If es a través del Mar de las Visiones. Sin embargo, este camino es aún más peligroso que el anterior, pues se trata de un mar encantado. Los barcos que se atreven a navegar por él tienen que hacer frente a terribles visiones y espejismos que terminan conduciéndolos a menudo al desastre. Solo los seres feéricos pueden sortear esos peligros a condición de que el agua del mar no los roce, pues, de lo contrario, se disolverían en ella, enriqueciendo el océano con su magia.

–En ese mar fue en el que debieron de naufragar mis padres –murmuró Keir sombríamente–. No entiendo por qué Sigmund nunca me lo dijo. Proseguid, os lo ruego.

–El caso es que el reino de If se encuentra prácticamente aislado gracias a estos dos obstáculos que acabo de mencionaros. Eso le permite mantener a salvo la alianza entre los seres mágicos y los hombres, y disfrutar de una prosperidad desconocida en el resto del mundo. Pero los otros reinos sienten envidia. Desde hace siglos, todas las familias reales de los países vecinos intentan emparentar con la dinastía de If para unir sus destinos a los del Reino Intermedio. Sin embargo, los reyes de If siempre han rechazado esas alianzas, y nunca han tomado esposa fuera de las fronteras de su reino. Esta es la primera ocasión en que esa costumbre va a romperse. Melor, el difunto rey de If, prometió a su hijo con la princesa de Kildar cuando esta era una recién nacida.

–¿Qué le llevó a romper con la tradición? –preguntó Keir, lleno de curiosidad.

–Bueno... Eso es lo que nadie sabe. Pero el caso es que lo hizo, y ahora el príncipe Arland se dispone a cumplir su promesa. La princesa Dahud se dirige a Aquila, la capital del reino, a bordo de un gran barco que el príncipe envió en su busca. Cuando llegue, se celebrará la boda y nosotros asistiremos a ella como invitados de la novia.

–Todo eso es muy interesante... Pero ¿por qué habéis dicho antes que Sigmund quería evitar que yo recurriese al arbitrio del príncipe?

—Mi querido muchacho, todos los reyes de If son sabios —repuso Sirio adelantándose a la princesa—. En virtud de su pacto con los seres mágicos, tienen el don innato de la justicia. Descubren la verdad allí donde se oculta, y distinguen el bien del mal por entremezclados que se encuentren. Llevan siglos utilizando esos poderes al servicio de su país... A eso debe If su maravillosa prosperidad.

El joven Keir se quedó mirando ensimismado la botella de licor que había sobre la mesa.

—No lo entiendo... Si el reino de If es un lugar tan maravilloso, donde imperan la justicia y el buen gobierno, ¿qué es lo que temía mi padre? En un lugar como este, la maldición de la bruja no tenía ninguna posibilidad de cumplirse. ¡No existía el peligro de que yo tuviera que ver todas esas cosas terribles que debían herirme hasta transformarme en un monstruo! Siendo así, ¿por qué me han tenido encerrado todos estos años?

—Bueno, la maldad existe en todas partes, incluso en If —repuso Sirio—. Tal vez aquí no goce de tantas oportunidades como en otros países, pero, aun así, debe de aparecer de vez en cuando. Así que los temores de vuestro padre, hasta cierto punto, estaban justificados.

Dahud sorprendió entonces a sus dos compañeros descargando un puñetazo sobre la mesa.

—Vamos, Sirio, ¿qué estás diciendo? —estalló—. Está claro que todo esto forma parte de un monumental engaño. ¡Sobre este joven no pesa ninguna maldición! Ese tal Sigmund se inventó esa historia para mantenerlo prisionero. De ese modo, se aseguraba de que él jamás intentaría huir.

—En eso os equivocáis —le interrumpió Keir con tristeza—. Intenté huir infinidad de veces. Por el techo de cristal, a través de los muros, forzando la puerta... Pero todo fue en vano.

La princesa lo miró entonces de un modo distinto.

—¿Intentasteis huir? —preguntó—. ¿A pesar de lo que os habían dicho que os ocurriría?

Keir movió la cabeza afirmativamente.

—Estaba dispuesto a afrontar cualquier cosa, con tal de ver el exterior. Leyendo todos estos libros, comprendí que el ser humano no está hecho para vivir una vida como la mía, sino para ser libre y conocer el mundo... Una vida sin libertad ni conocimiento no es una vida humana. Habría soportado con gusto todas esas heridas y llagas en mi piel que, según Sigmund, no tardarían en matarme, con tal de vivir como un hombre al menos por un día. Pero todos mis intentos fueron inútiles. En realidad, ¡ya casi había empezado a resignarme!

—Bueno, ahora podréis cumplir vuestros deseos —observó Dahud suavemente—. Sigmund ha muerto; sois libre... Venid con nosotros a la corte de If. Estoy seguro de que no os ocurrirá nada.

—¿Por qué estáis tan seguro? —preguntó Keir mirando a la princesa con fijeza—. ¿Qué os hace pensar que esa supuesta maldición no existió nunca?

Dahud vaciló un momento antes de contestar.

—Cuando veníamos hacia aquí, en lo más alto de la Cordillera, nos encontramos con una anciana hechicera. Fue ella quien nos habló de vos... Nos pidió que buscásemos la torre en el bosque y que os liberásemos, y eso es lo que hemos hecho.

—¿No me habríais liberado de no ser por la hechicera?

—¡Ni siquiera habríamos encontrado la torre, de no ser por sus indicaciones! Sobre ella debe de pesar un poderoso sortilegio, porque por fuera resulta completamente invisible.

—¿Y por qué creéis que esa hechicera pudo enviaros a rescatarme? No tiene mucho sentido.

—Eso mismo me parece a mí —dijo Sirio en tono enfurruñado—. Se lo vengo diciendo a... a Duncan todo el tiempo. Esa mujer era una bruja. ¿Por qué fiarse de una bruja?

–Hasta ahora, todo lo que nos anunció se ha cumplido –se defendió Dahud–. La torre estaba aquí, y albergaba un prisionero.

–Sí, pero ¿acaso sabemos por qué tenía tanto interés en que lo liberásemos? –objetó su criado–. Quizá sus intenciones no fueran buenas... Quizá su único deseo fuera que este pobre joven pereciese entre horribles dolores al salir de su prisión.

–Vos no lo creéis así, ¿verdad? –preguntó Keir mirando a la princesa.

–No, no lo creo –afirmó ella convencida–. No sé por qué, confié desde el principio en esa anciana, y algo en mi interior me dice que sus intenciones no eran malas. No puedo daros ninguna buena razón para justificar mi fe en ella... Y si decidís escuchar a Sirio y quedaros aquí para no correr ningún riesgo, lo comprenderé.

El joven la miró largamente, con aquellos ojos profundos y soñadores que tanto habían conmovido desde el principio a Dahud.

–Aunque no creyese en vuestras palabras, correría el riesgo –dijo finalmente–. Iría con vosotros incluso si estuviese convencido de que eso me iba a costar la vida... Pero no es eso lo que pienso, ¿sabéis? Pienso que vos, Duncan, tenéis razón. Vos no podéis explicar por qué confiasteis en las palabras de la anciana, y yo no puedo explicar por qué confío en vos. Es algo que jamás había sentido... ¡Y eso que tengo buenos motivos para dudar de vuestra sinceridad! Pero, aun así, confío. Podéis creerme, mi fe en vos es completa.

Aquella declaración sumió a Dahud en la mayor de las confusiones. Una violenta emoción se apoderó de ella, haciendo que las lágrimas aflorasen a sus ojos. Sentía un vivo calor en las mejillas, y tuvo que ocultar un instante su rostro entre las manos para no dejar ver su turbación. Se sentía un poco culpable por haberse ganado tan fácilmente la confianza del prisionero, a pesar de estar ocultándole su verdadera identidad. Tenía la impresión de que Keir había intuido algo... Pero, a pesar de todo, ¡había asegurado que creía en ella! Y si algo tenía claro la princesa, era que haría todo lo posible para mostrarse digna de aquella confianza.

Cuando por fin logró rehacerse, Dahud alzó la cabeza y miró directamente al joven.

–No os arrepentiréis de haber tomado esta decisión, os lo prometo –dijo con firmeza–. Y ahora, ¡salgamos de aquí para siempre! Nos espera un largo camino hasta Aquila, la ciudad más poderosa del reino de If.

5

Tras cruzar la Puerta Norte de las murallas de Aquila, Keir tiró de las riendas de su yegua para admirar con detenimiento el espectáculo que se ofrecía a su vista. Todavía no era un jinete experto, pero, después de quince días de viaje atravesando valles y colinas, su dominio de la cabalgadura que Duncan había adquirido para él en una de las aldeas del camino había mejorado considerablemente.

Durante las dos semanas que llevaba viviendo fuera de la torre, había tenido oportunidad de ver tantas cosas maravillosas que su memoria apenas era capaz de retenerlas todas: los gigantescos árboles del bosque, los ciervos que se cruzaban en su camino, las pequeñas aldeas con sus casitas adornadas de flores, los campos arados, las viñas doradas, los lentos y caudalosos ríos... Todo aquello que durante años había hechizado su imaginación a través de los libros, cobraba vida ahora a su alrededor, y todo era aún más bello y fascinante de lo que había imaginado. Incluso las personas: a lo largo del viaje, se habían cruzado con hombres y mujeres de toda edad y condición. No todos eran amables ni comunicativos, pero todos, absolutamente todos, le habían parecido interesantes. Quien más y quien menos ocultaba un pequeño secreto, o un recuerdo maravilloso, o un deseo oculto que bastaba para dar sentido a su vida... También tenían un lado oscuro, por supuesto. Pero aquella negrura era como una sombra que hacía destacar con mayor luminosidad los puros colores que la rodeaban. Las imperfecciones de los hombres no le habían hecho enfermar, cubriendo su cuerpo de llagas y heridas. Al contrario, lo único que despertaban en él era una profunda comprensión y una oculta simpatía.

Sus compañeros se reían de su entusiasmo, pero en el fondo les satisfacía enormemente que disfrutase tanto de todo lo que veía en torno suyo. Era evidente que, al principio, habían temido que el contraste del mundo exterior con la cómoda vida que había llevado en su torre biblioteca resultase demasiado duro para él. Pero ahora estaban tranquilos. Desde lo alto de su yegua, Keir los observó de reojo y sonrió. Ellos también se habían detenido y contemplaban la ciudad con la boca abierta.

–¡De modo que esta es Aquila! –dijo Sirio–. Las descripciones de los libros no le hacen justicia. ¡Es aún más hermosa de lo que se afirma!

–En Kildar no tenemos ninguna ciudad tan bonita, eso hay que reconocerlo –suspiró Dahud.

Se encontraban en una vasta plaza rodeada de palacios de mármol y cristal con gráciles balcones azules. Sus tejados de porcelana exhibían una abigarrada mezcla de colores, y de sus altas chimeneas rojas brotaba un humo cálido y blanco.

En el centro de la plaza había un gran reloj de cuerda con autómatas bailando a su alrededor. Era uno de los célebres relojes mágicos de If, capaces de darse cuerda a sí mismos. Cada día, después de las doce campanadas, uno de aquellos encantadores muñecos, con un delantal de relojero y unas gafas doradas, se encargaba de girar treinta veces la enorme llave que activaba los resortes internos del complejo artilugio.

Rodeando al reloj, podían verse cuatro fuentes de aguas vivas. Sus surtidores, alimentados directamente con agua del Mar de las Visiones, elevaban hacia el cielo sus innumerables chorros verdes y dorados, que se entrelazaban en el aire a su capricho formando los más bellos dibujos, sin repetirse nunca.

De la plaza partían doce grandes avenidas con estrechos canales en el centro para el paso de los barcos, y un paseo de árboles y rosales a cada lado. La más ancha de todas conducía al Palacio Real, y tenía una lujosa calzada de adoquines de cuarzo para caballos y carrozas. Los tres viajeros se adentraron en ella a lomos de sus animales, observando con curiosidad cuanto los rodeaba.

En torno suyo reinaba una gran animación. Mucha gente de todos los rincones del reino había acudido a la capital para asistir a los esponsales del príncipe. Las delegaciones extranjeras invitadas a la ceremonia también habían llegado ya a bordo de los barcos que Arland había enviado para ellas. Por todas partes se veían grupos de hombres y mujeres alegremente vestidos comentando las últimas novedades en relación con los festejos de la boda, que no tardarían en comenzar. Ante los puestos de pasteles y bebidas calientes se formaban largas colas, y junto a las esquinas había pequeños teatrillos donde se ofrecían los más variados espectáculos. En uno de ellos, tres músicos de lluvia reproducían con sus mágicos instrumentos los sonidos de distintos tipos de aguacero sobre tejados, árboles y calles, componiendo una maravillosa melodía; en otro, una joven hacía ejecutar las más variadas piruetas a su pequeña cría de dragón, que tenía el cuerpo cubierto de escamas plateadas y la delicada piel del vientre de un azul intenso; y en un tercero, un encantador de objetos seleccionaba algunas prendas del atuendo de sus espectadores y las obligaba a bailar por sí solas ante los maravillados ojos de niños y adultos.

A medida que los tres viajeros se iban aproximando al palacio, cada vez les costaba más trabajo abrirse camino entre la multitud de jinetes y carrozas que atestaban la calzada. Entre los que cabalgaban, les llamó especialmente la atención un suntuoso cortejo de damas veladas y sobriamente vestidas que montaban unas deslumbrantes yeguas blancas. La gente se apartaba espontáneamente a su paso y las saludaba con gran respeto.

—Son hadas —explicó Sirio en voz baja—. Según tengo entendido, visitan muy raramente la corte. No es extraño que provoquen tanta admiración.

Un poco más allá vieron también un escuadrón de navegantes recién llegados de uno de los puertos del norte para participar en la ceremonia.

Sus cabellos eran muy oscuros y su tez casi transparente, pero lo que más destacaba en sus facciones eran los ojos, de una tonalidad semejante a la del Mar de las Visiones, por el que solo ellos podían navegar sin arriesgar la vida. Aquellos marinos, acostumbrados a deslizarse ágilmente sobre las cubiertas de sus barcos mágicos, se movían en tierra con una extraña cadencia, alzando rítmicamente los brazos para equilibrarse. Parecían muy serios y disciplinados, y avanzaban dignamente, en silencio, sin intercambiar entre ellos ni una sola palabra.

En las inmediaciones del palacio los detuvo una patrulla de guardias reales pidiéndoles que se identificaran.

Por toda respuesta, Dahud extrajo de sus alforjas un salvoconducto firmado de su puño y letra y con el sello oficial de la Casa Real de Kildar.

–Me llamo Duncan de Meer y soy un invitado de la princesa –anunció en tono grave y resuelto–. Estos son los dos sirvientes que me acompañan. Espero que no tardéis mucho en encontrarnos acomodo, porque el viaje ha sido largo y estamos cansados.

El capitán de la guardia los contempló con asombro.

–¿Habéis llegado a través de la Cordillera? –preguntó, admirado–. Sois los primeros en hacerlo. Creíamos que la princesa no traería más invitados que los que han venido con ella a bordo de su barco. Pero sed bienvenidos. El príncipe estará encantado de acogeros en su palacio. Ha reservado una torre entera para dar alojamiento a los invitados de su prometida.

–¿Ha llegado ya la princesa? –preguntó Sirio con aparente indiferencia.

El capitán vaciló unos instantes antes de contestar.

–Su barco ya está en el puerto –repuso al fin con cautela–. Pero ella aún no se ha presentado en palacio. Venid conmigo, os llevaré ante el gran chambelán.

Escoltados por la patrulla que los había detenido, los tres viajeros cabalgaron hacia la puerta principal de la muralla del palacio. Esta se encontraba enteramente recubierta de losetas esmaltadas en verde y azul, sobre las cuales, de cuando en cuando, resaltaban algunos maravillosos relieves de marfil. Justo antes de atravesar la puerta, Keir se quedó mirando fijamente uno de ellos, en el que se veía a un hombre arrodillado en la cubierta de un barco que navegaba majestuosamente sobre las olas.

–¿Por qué te detienes? –le susurró Dahud–. No debemos hacer nada que despierte las sospechas de los guardias.

Keir apartó de mala gana sus ojos del relieve de marfil y los fijó en la princesa.

–No os entiendo –repuso de mal humor–. ¿Por qué íbamos a despertar las sospechas de nadie? Somos los invitados de la princesa, tenemos su salvoconducto...

–Vos no –le interrumpió Dahud en voz muy baja–. No tenéis ningún derecho a estar aquí. ¡Nadie conoce vuestra verdadera identidad, ni siquiera vos mismo! Espero que no os moleste que os haya hecho pasar por criado mío. Era la única forma de evitar preguntas incómodas.

Keir se encogió de hombros y alejó su caballo del de la princesa para cabalgar tras ella, al lado de Sirio. La princesa se volvió a mirarlo, encolerizada. Había esperado que el joven le diese, al menos, las gracias por lo que acababa de hacer, pero él ni siquiera parecía haber comprendido su gesto.

El palacio era un inmenso edificio de piedra azul con los tejados de plata y frondosas enredaderas colgando de sus ventanas. Tenía ocho torres, cada una con una forma distinta. La que el príncipe había escogido para los invitados de su prometida era de planta hexagonal, y muchas de sus ventanas aparecían adornadas con galerías de marfil o con bonitos miradores de cristal y ébano.

Tras unos minutos de espera, el gran chambelán los recibió en el piso inferior de la torre, que contenía una única sala hexagonal de inmensas proporciones, decorada con bellos muebles de maderas preciosas y suntuosos tapices con escenas de caza.

El gran chambelán era un hombre sombrío, avejentado por el trabajo y las preocupaciones. Miró a sus huéspedes con ostensible desconfianza antes de inclinarse profundamente ante ellos, en señal de bienvenida.

–Señor Duncan de Meer, no esperábamos ya contar con vuestra presencia –dijo en tono distante y ceremonioso–. Es cierto que figuráis en la lista de invitados que nos facilitó el departamento de protocolo de la corte de Kildar, pero, al ver que no estabais entre los pasajeros del barco de su alteza la princesa Dahud, dimos por hecho que, finalmente, no acudiríais a la boda. Me alegro de comprobar que nos equivocamos. Me han dicho que habéis cruzado la Cordillera...

–Así es. Tenía empeño en intentar esa ruta. Me habían advertido que era casi impracticable. Me gustan los desafíos.

El chambelán sonrió fríamente.

–¿Y ha sido tan terrible como dicen?

—Ha sido muy duro, sí —repuso Dahud con gravedad—. Pero, a pesar de todo, ya veis que hemos conseguido llegar sanos y salvos.

—La princesa se alegrará mucho cuando lo sepa —repuso el hombre, no sin cierta ironía.

—Nos han dicho que ya ha llegado.

—Así es, pero aún no hemos tenido el placer de verla.

Las facciones del chambelán se habían endurecido al decir aquello. Sirio y Dahud cruzaron una mirada.

—¿No se encuentra aún en palacio? —preguntó Sirio con fingida inocencia.

—Permanece a bordo de su barco. Sin embargo, la mayoría de sus acompañantes ya se han instalado aquí, en esta misma torre. Se espera que su alteza llegue a palacio mañana. Eso es todo lo que puedo deciros.

El chambelán hizo sonar una campanilla de plata, y al instante acudieron varios lacayos uniformados.

—Angus, acompaña a los dos criados de este caballero a los dormitorios de la servidumbre. Derry, Flynn, vosotros dos conducid al noble Duncan de Meer a sus aposentos y atended todas sus necesidades. Estos dos hombres permanecerán a vuestra disposición durante todo el tiempo que paséis en palacio, señor. Si queréis algo, no tenéis más que pedírselo. Consideraos en vuestra casa. Mañana os avisaremos oportunamente para que podáis asistir a la recepción oficial de la princesa.

El anciano hizo una última y profunda reverencia y se dirigió a la puerta de la estancia, dando por terminada la entrevista. Pero una pregunta de Dahud lo retuvo.

–Perdonadme, señor. Viniendo hacia aquí, he oído hablar mucho del mago Astil, el visir del príncipe. Dicen que sus poderes con asombrosos. ¿Podremos verle actuar mientras estemos aquí? Asistirá a los esponsales, ¿verdad?

El chambelán miró a su huésped de arriba abajo, con una mezcla de asombro y conmiseración.

–Sois muy joven, noble Duncan, y es evidente que vuestra inexperiencia os ha hecho malinterpretar cuanto habéis oído acerca de nuestro gran visir. Astil no es un mago de salón, señor; su función en la corte no consiste en organizar espectáculos para entretener al príncipe, y mucho menos a sus invitados. Su magia no es de las que se dejan ver. Pero, si queréis admirarla, no tenéis más que mirar a vuestro alrededor; la prosperidad que se observa por todas partes en el reino de If se debe en buena medida a sus cuidados.

–Os ruego que perdonéis mi ignorancia –repuso Dahud enrojeciendo–. No es que yo pensase que el visir fuera a ofrecernos una exhibición de sus poderes para divertirnos... Simplemente, me preguntaba si llegaría a conocerlo.

–En estos momentos, el visir no se encuentra en la corte. Su difícil tarea le obliga a viajar constantemente por todo el reino. Ignoro cuándo volverá, pero os aseguro que estará presente en los esponsales. Y ahora, si me lo permitís... Os deseo una feliz estancia entre nosotros.

El chambelán abandonó dignamente la gran sala hexagonal, sin dirigir siquiera una última mirada a sus visitantes.

–Señores, acompañadme –dijo el lacayo llamado Angus a los dos supuestos criados de Duncan–. En las cocinas os espera una buena cena.

Sirio miró con indecisión a su señora antes de despedirse.

–Si me necesitáis, noble Duncan, hacedme llamar a cualquier hora del día o de la noche.

–No te preocupes, Sirio. Estaré bien.

Sirio y Keir siguieron a su guía a través de innumerables corredores y tramos de escaleras hasta las cocinas de la servidumbre de palacio. Allí reinaba un gran bullicio. Había al menos cincuenta personas repartidas entre las tres largas mesas de madera que ocupaban el lugar más alejado de los fogones, y olía a estofado de carne y a buñuelos. Nadie prestó demasiada atención a los recién llegados. Angus los acomodó en el extremo vacío de una de las mesas y les sirvió unas rebanadas de pan, un trozo de queso y dos platos de estofado.

–Preguntad por mí cuando terminéis de comer. Os llevaré a los dormitorios. Luego, si queréis echar un vistazo a los caballos, haré que os acompañen. ¡Que os aproveche!

Los dos hombres estaban hambrientos, y durante un buen rato comieron en silencio, escuchando las voces y risas de los otros criados sin prestar demasiada atención a lo que decían. Algunos los saludaron desde lejos e intercambiaron alguna broma con ellos, para luego olvidarse de su presencia. Después de comprobar que nadie los estaba escuchando, Keir se decidió por fin a formular una pregunta que llevaba largo rato rondándole en la cabeza.

–¿Por qué ha preguntado Duncan por el mago Astil? –dijo mirando a Sirio–. Parecía tener mucho interés en conocerle.

Sirio, animado por los dos vasos de vino que se acababa de beber, se echó a reír ruidosamente.

–¿Conocerle? ¡Todo lo contrario! Lo que quería era saber si estaba o no estaba en palacio. ¿No has visto su cara de alivio cuando oyó que se encontraba ausente?

–¿Por qué? –se extrañó Keir–. ¿Qué le importa a Duncan que esté o no esté en palacio ese mago?

–Bueno, ¡es un mago excepcional! Eso siempre asusta –observó Sirio con ligereza–. Dicen que con solo mirarte adivina lo que estás pensando.

–¿Y qué? ¿Qué más da que adivine lo que estás pensando, si no tienes nada que ocultar?

Aquella observación hizo que la sonrisa de Sirio se congelase bruscamente.

–Oye, si estás insinuando que mi señor tiene algo que ocultar, tendrás que vértelas conmigo.

–Eres tú quien lo ha insinuado, no yo –repuso Keir con calma.

Sirio iba a replicarle cuando les interrumpió la llegada de Derry, uno de los dos lacayos que habían acompañado a Dahud a sus habitaciones.

–Vuestro señor me manda a buscaros. Dice que os necesita de inmediato.

Los dos hombres se pusieron en pie.

–No, solo a vos –dijo el lacayo mirando a Sirio–. El señor de Meer dijo que el más joven de sus criados podía tomarse el día libre, pues no iba a necesitarlo por el momento.

Keir frunció el ceño y se quedó mirando a Sirio mientras caminaba hacia la puerta. No le gustaba tener que hacer de criado, y mucho menos que lo dejasen a un lado. Hizo una mueca y siguió comiendo maquinalmente, distraído con sus pensamientos. De repente, una conversación cercana entre dos lacayos y un guardia que acababa de entrar en las cocinas atrajo su atención.

–Entonces, ¿todo sigue igual? –le preguntó uno de los lacayos al guardia.

Este asintió gravemente con la cabeza.

–Igual –confirmó–. La princesa ha aceptado los nuevos regalos que le ha enviado su alteza, pero se niega a dejarse ver. Ha dicho que no abandonará el barco si no es dentro de un palanquín de oro que ha traído consigo, y que no saldrá del palanquín hasta que el príncipe le demuestre que es tan virtuoso como su fama pregona. ¡Quiere someterle a varias pruebas! ¿No es increíble?

Varias doncellas que trajinaban junto a los fogones se acercaron al oír aquello.

–¡Qué vergüenza! –dijo una de ellas, haciendo una mueca de disgusto–. ¿Cómo se atreve?

–¡En lugar de sentirse agradecida por el ofrecimiento del príncipe, le afrenta públicamente en vísperas de la boda! –murmuró el más viejo de los lacayos.

–¿Por qué debería sentirse agradecida? –preguntó Keir ingenuamente.

Todos los presentes se volvieron a mirarle con sorpresa.

–Ha venido con uno de los invitados de la princesa –explicó uno de los lacayos observándole con hostilidad–. Y parece que quiere bronca.

Keir se puso en pie y sostuvo la mirada del lacayo. Su actitud no era desafiante, pero tampoco se le veía asustado.

–Os equivocáis, señores –dijo tranquilamente–. Estamos aquí para celebrar una boda, y eso es motivo de alegría y no de enfrentamientos. En mi pregunta no había mala intención, pero tenéis que comprender que, como súbdito de la princesa Dahud, me hayan sorprendido vuestras palabras. En mi ignorancia, no sé mucho de vuestro país, y a lo mejor por eso no he comprendido bien lo que decíais.

Los lacayos, el guardia y las doncellas lo observaban con manifiesta desconfianza. Pero en sus ojos había tanta cordialidad y tanto candor, que no tardaron en relajarse.

–Mira, por si no lo sabes, todos los reinos vecinos han intentado casar a sus princesas con los herederos de If, pero nuestros príncipes siempre habían elegido esposa entre las damas nobles del país –explicó el guardia–. Esta es la primera vez que se rompe esa tradición. Por eso decimos que tu princesa debería sentirse honrada.

–Oh, y seguro que se siente honrada. Pero también es costumbre de nuestro reino que las princesas pongan a prueba a sus futuros maridos –aseguró Keir improvisando sobre la marcha–. Es... una especie de ritual.

El guardia lanzó una desagradable carcajada.

–¿De veras? Pues me parece que esta vez tendrán que renunciar a ese ritual tan estúpido. Los caballeros de la corte están que trinan, y muchos han reunido a sus hombres y se disponen a tomar las armas. Van a obligar a esa mujer a retractarse de su absurda petición... Por las buenas o por las malas.

Keir palideció al oír aquello.

–¿Estáis seguro de lo que decís? –preguntó.

El hombre lo miró con el ceño fruncido.

–¿Dudas de mi palabra? –preguntó, retador–. No tienes más que salir al patio de armas y ver lo que está pasando. Antes del amanecer, traerán a la princesa al palacio sin su precioso palanquín, y la obligarán a arrodillarse ante nuestro príncipe, aunque tengan que arrastrarla por los pelos.

El joven Keir se levantó bruscamente de su asiento al oír aquellas palabras. Era mucho más alto que todos los presentes y, a pesar de su largo confinamiento en la torre del bosque, tenía fuertes y poderosos músculos. El guardia que había hablado retrocedió de modo instintivo.

–Sois muy descortés al hablarle así a un huésped de vuestro príncipe, aunque solo sea un criado –dijo Keir mirándolo con fijeza–. Estoy seguro de que si vuestro señor hubiese oído las palabras que acabáis de pronunciar, este sería vuestro último día en la corte.

–Yo... He hablado sin pensar. No quería ofender a la princesa –murmuró el hombre, asustado–. ¿Vais a contárselo al gran chambelán? Si lo hacéis...

–No añadáis una nueva ofensa a las que ya me habéis infligido atreviéndoos a amenazarme –le atajó Keir, cortante.

–Habla como un caballero –susurró una de las doncellas–. Nos ha engañado, no es un criado...

Todos se alejaron del joven como si, de pronto, se hubiesen enterado de que tenía lepra. Se les veía asustados, tanto que ni siquiera se atrevían a mirarse entre sí. Sin apresurarse, Keir dobló su servilleta, la depositó sobre la mesa y salió dignamente de la cocina. Le parecía sentir sobre su espalda el frío de todos aquellos ojos que le seguían. Cuando se vio en el corredor, ya fuera del alcance de todas las miradas, respiró aliviado. Tenía que ir a ver a Duncan, contarle lo que acababa de sucederle... Se lo debía, después de la forma en que él y su criado Sirio le habían liberado.

Le costó gran trabajo encontrar el camino hasta la torre hexagonal donde se hospedaban los invitados de la princesa. Tuvo que preguntar a un par de criados que se encontró por los pasillos... Ya en la torre, ascendió por las estrechas escaleras de caracol de la servidumbre hasta el tercer piso, donde le habían dicho que se alojaba el caballero. Una vez allí, recorrió con cautela el corredor que daba acceso a los aposentos de los invitados, pegando el oído a cada puerta para intentar adivinar detrás de cuál de ellas se encontraba Duncan. Por fin, al acercarse a una de las puertas, oyó voces. Una era, sin duda alguna, la del joven caballero. Keir iba a llamar con los nudillos cuando, sin saber por qué, algo lo detuvo. Moviéndose muy despacio, pegó la oreja a la madera para oír lo mejor posible la conversación que se desarrollaba en el interior.

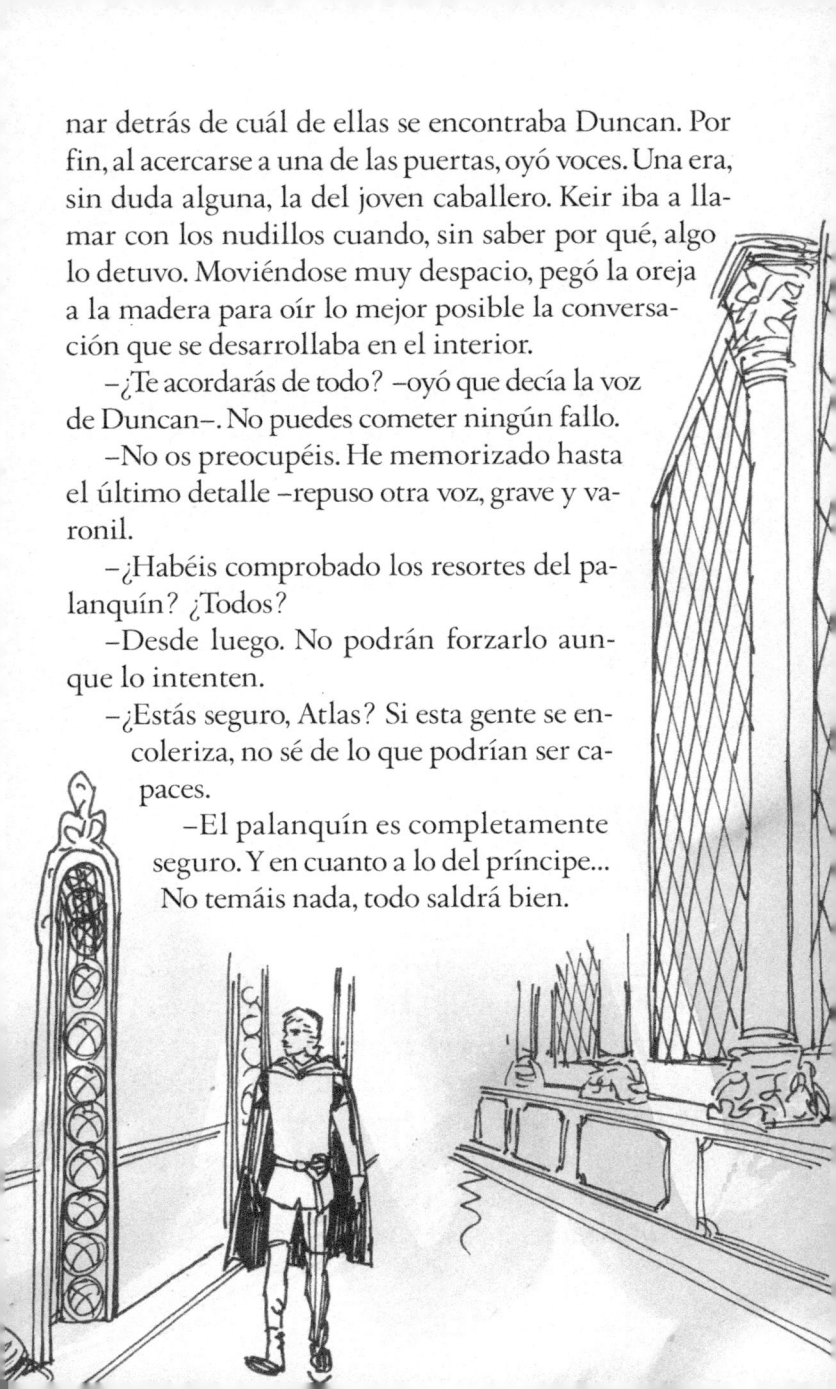

–¿Te acordarás de todo? –oyó que decía la voz de Duncan–. No puedes cometer ningún fallo.

–No os preocupéis. He memorizado hasta el último detalle –repuso otra voz, grave y varonil.

–¿Habéis comprobado los resortes del palanquín? ¿Todos?

–Desde luego. No podrán forzarlo aunque lo intenten.

–¿Estás seguro, Atlas? Si esta gente se encoleriza, no sé de lo que podrían ser capaces.

–El palanquín es completamente seguro. Y en cuanto a lo del príncipe... No temáis nada, todo saldrá bien.

—Nos estamos arriesgando mucho —dijo Duncan en tono preocupado—. Si algo saliera mal... Bueno, esta gente nos haría pagar muy caro cualquier daño que pudiese sufrir su príncipe.

—No hay peligro; todo está calculado. Además, nosotros tampoco estamos indefensos. Lo más importante, ahora, es que Lea interprete bien su papel.

—Oh, por eso no te preocupes —rio Duncan—. Lo hará a la perfección. ¡Es lo que ha deseado toda la vida!

Los dos rieron.

—Vete ya, Atlas. Es muy tarde, y nadie debe verte por aquí. ¿Sabes cómo volver al barco sin despertar sospechas? Deben de tenerlo fuertemente vigilado.

—Me las arreglaré —dijo Atlas.

Un instante después, abrió la puerta con tanta brusquedad que Keir tuvo el tiempo justo para apartarse, evitando un encontronazo.

—¿Quién es este? —preguntó Atlas asiendo violentamente al joven por un brazo.

Era un verdadero gigante, con unas espaldas y unos brazos de proporciones nunca vistas. Keir comprendió al instante el porqué de su nombre.

—Estaba espiando —afirmó arrastrando a Keir hasta ponerlo justo delante de Duncan—. ¿Le conocéis?

Duncan sonrió imperceptiblemente.

—Claro que sí —dijo—. Es Keir, mi nuevo criado.

Atlas la miró con asombro.

—¿Habéis tomado un nuevo criado durante el viaje? —preguntó con evidente disgusto—. ¿Para qué? ¿No teníais suficiente con Sirio?

–No os preocupéis; es de confianza.

–¿Y sabe...?

La mirada de advertencia que le lanzó su señor hizo que el gigante se detuviese antes de completar la frase.

–Lo encontramos en el bosque –explicó Duncan–. Necesitaba ayuda... Pero no es momento de dar explicaciones. Vete en seguida, Atlas. No debes quedarte aquí ni un minuto más de lo necesario.

El hombre se inclinó y luego se alejó por el corredor, moviéndose con sorprendente rapidez.

La princesa Dahud se quedó mirando a Keir con cierta incomodidad, sin decidirse a dejarle entrar. Pero Keir no estaba para bromas; de un empujón, apartó a su supuesto amo de la puerta y se introdujo en el aposento.

–¿Quién diablos era ese individuo? –preguntó a bocajarro–. Sé que estáis tramando algo contra el príncipe, lo he oído todo. ¡Y no pienso permitirlo!

Dahud le miró con altivez.

–¿Qué tonterías estáis diciendo? ¡Nadie está tramando nada contra el príncipe! –se defendió–. Además, aunque así fuera, ¿qué derecho tenéis a cuestionar mis acciones? Os he sacado de vuestra prisión, os he librado de un destino peor que la muerte... ¿No creéis que eso merece algo de gratitud?

–El que os esté agradecido no quiere decir que vaya a ayudaros a cometer un crimen –afirmó Keir resueltamente.

–¿Cómo os atrevéis a hablarme así? Yo no voy a cometer ningún crimen. ¡Habéis perdido el juicio!

–No os creo. El tono de vuestra conversación con ese Atlas no dejaba lugar a dudas. Lo que os traéis entre manos es muy grave, no lo neguéis.

–En todo caso, no es asunto vuestro. Nadie os ha pedido ayuda, lo único que tenéis que hacer es manteneros al margen. Es lo menos que os puedo exigir, a cambio del servicio que os he prestado.

–Os equivocáis. No podéis exigirme que me mantenga al margen mientras vos tramáis algo contra un hombre que os ha ofrecido su hospitalidad y que no os ha hecho el menor daño.

Dahud contempló al joven durante unos momentos con una mezcla de impaciencia y tristeza.

–Ya os he dicho que estáis equivocado, que no va a ocurrir nada de lo que teméis. ¿Por qué no queréis creerme? ¿Tan mal concepto tenéis de mí, después de lo que he hecho por vos?

Keir clavó en la princesa sus ojos maravillosamente claros y expresivos.

–Ya me habéis mentido una vez. ¿Por qué habría de creeros en esta ocasión?

Dahud sintió una oleada de calor en el rostro.

–¿Por qué... por qué decís que os he mentido? –preguntó con una expresión entre indignada y culpable–. Me estáis insultando...

–Dejad de disimular, señora. Ya veis que conozco vuestro secreto.

Al oír aquello, la princesa perdió el color y tuvo que aferrarse a una mesa para no caer.

–¿Cómo... cómo lo habéis sabido? –preguntó en un susurro.

–¿Que cómo lo he sabido? Para mí es evidente –contestó Keir suavizando su tono–. Es cierto que no conozco el mundo, y que me he pasado la vida encerrado en una torre, sin ver a nadie. Pero he leído mucho y tengo mis sueños... En todo caso, no soy tan ignorante como para no distinguir a un hombre de una mujer.

–¿Os... os parece que mi aspecto es el de una mujer? –acertó a preguntar Dahud, cada vez más turbada.

–El de una mujer maravillosamente bella, sí. No hay ningún disfraz que pueda ocultar eso. Lo que no entiendo es cómo el resto de la gente se deja engañar. Deben de estar fingiendo que os creen, no hay duda... No puede ser de otra manera.

Dahud lo miró con fijeza.

–Estáis equivocado –dijo–. Nadie me ve como una mujer. La hechicera de la nieve, la que me habló de vos, me dio una poción para modificar mi aspecto a los ojos de todo el mundo. Y es un hechizo muy eficaz, el propio Sirio lo repite constantemente. Hace que todos me vean como un hombre... ¡Todos menos vos!

–¿Queréis decir que yo... que os veo de un modo distinto que los demás? –preguntó Keir, perplejo.

–Así es. La hechicera me previno de que esto podía ocurrir... Vuestros ojos han descubierto el engaño. Es cierto que soy una mujer.

–¿Y qué os ha hecho emprender un viaje tan largo y peligroso disfrazada de hombre para asistir a la boda de la princesa Dahud?

–Tengo buenos motivos. Yo soy, en realidad, la princesa Dahud.

Keir la miró con la boca abierta unos segundos. Una sombra de dolor cruzó por su frente.

–¿La princesa? –murmuró–. Pero yo creía... Entonces, ese palanquín de oro que supuestamente va a traeros a palacio... ¡estará vacío!

La princesa sonrió.

–No. Dentro vendrá Lea, mi dama de confianza. Es una mujer llena de recursos; sabrá hacerse pasar por mí si la ocasión lo requiere.

Ambos se quedaron callados durante un momento.

–Pero ¿para qué toda esta farsa? –preguntó finalmente Keir con acento dolido–. Si no queríais casaros con el príncipe, podríais haber dicho sencillamente que no. Sois la princesa y futura reina de Kildar, nadie os obliga a contraer este matrimonio. ¿Qué es lo que pretendéis? ¿Casar al príncipe con vuestra dama de compañía?

–¡Claro que no! Mi padre contrajo el compromiso de entregarme como esposa al príncipe Arland cuando yo era una niña, y la palabra de mi padre es sagrada para mí.

–Entonces, ¿para qué acudir a la corte disfrazada? Si de todos modos pensáis casaros con él, no vais a ganar nada con este juego infantil. Por el momento, ya os habéis granjeado la antipatía de toda la corte. Era precisamente lo que venía a deciros. Algunos caballeros se están armando para traer a la prometida de su señor a palacio por la fuerza si es preciso. Deberíais poner fin a toda esta insensatez cuanto antes.

La princesa observó a Keir con curiosidad. Había hablado atropelladamente, sin detenerse a tomar aliento. Era obvio que estaba muy nervioso y que toda aquella historia le afectaba profundamente, aunque Dahud no podía entender el motivo.

—¿Por qué estáis tan enfadado? —preguntó con suavidad—. Todo esto no os concierne. Si lo que teméis es que le haga algún daño al príncipe Arland, podéis estar tranquilo. A pesar de lo que creáis haber oído, no tengo nada contra él. Ya sé que no concedéis ningún valor a mi palabra, pero os aseguro que esta vez os estoy diciendo la verdad.

Keir se dejó caer en una silla y hundió su rostro entre las manos. Cuando lo alzó nuevamente, parecía muy cansado.

—Sí, es cierto —murmuró—. Sé que esta vez no estáis mintiendo. Perdonadme por mis acusaciones de antes.

Aquel brusco cambio de opinión sorprendió enormemente a la princesa.

—Sois muy extraño —murmuró—. ¿Por qué ahora de pronto volvéis a creer en mí?

—Porque, de repente, he comprendido que decíais la verdad.

—¿Cómo podéis estar tan seguro?

Keir se encogió de hombros.

—No lo sé —repuso—. Del mismo modo que sabía que erais una mujer, y no un hombre, a pesar de vuestro disfraz.

De pronto, cediendo a un repentino impulso, el joven se puso en pie y fue hacia la princesa. Sin saber muy bien lo que hacía, alzó una mano temblorosa y le acarició tímidamente el cabello. Ella se estremeció.

—¿Qué hacéis? —preguntó con voz trémula—. Os recuerdo que soy la prometida de otro hombre.

—Perdonadme —repuso el joven, retrocediendo—. No sé qué me ha pasado... Durante todo el viaje desde el bosque os he venido observando, espiando cada uno de vuestros gestos y actitudes, tratando de adivinar por qué os hacíais pasar por lo que no erais. Poco a poco, me he acostumbrado a miraros constantemente, a sentir vuestra presencia a mi lado como algo necesario... No sé qué esperaba. Ya os he dicho que no conozco el mundo. Supongo que albergaba la esperanza de poder seguir así para siempre, viajando a vuestro lado, contemplándoos de la mañana a la noche. Y ahora, de repente, al saber que sois una princesa y que vais a casaros con otro hombre... No sé, he perdido la cabeza. Pero no os preocupéis, no volveré a olvidar quién sois. Vos no tenéis la culpa de que yo sea un estúpido.

La princesa Dahud caminó hacia la chimenea y permaneció de espaldas a Keir, mirando el fuego durante varios minutos. El joven no se atrevió a acercarse a ella, pero no podía apartar los ojos de su frágil silueta, que temblaba visiblemente.

—Perdonadme —repitió con la voz quebrada por la emoción—. Yo... no quería asustaros. Os prometo que no volverá a repetirse; pero, por favor, no me alejéis de vos.

La princesa se volvió entonces a mirarle. Keir se sintió hondamente conmovido al ver sus ojos llenos de lágrimas.

—Os he hecho llorar —dijo poniéndose de rodillas—. No sé cómo pediros disculpas. No lloréis, por favor. Haced conmigo lo que queráis, pero no lloréis. No puedo soportar veros llorar.

—Antes me hicisteis una pregunta —le interrumpió Dahud—, y quiero responderos. Poneos en pie, os lo ruego.

El joven obedeció y dio dos pasos hacia la chimenea. Luego se detuvo, acobardado.

—Me habéis preguntado para qué he urdido toda esta farsa si, como os he dicho, la palabra de mi padre es sagrada para mí. El motivo es el siguiente: como heredera del trono de Kildar, tengo el deber de cumplir los deseos de mi padre, pero también tengo la obligación, aún más sagrada para mí, de velar por el futuro del país que estoy destinada a gobernar. Estoy dispuesta a cumplir la voluntad de mi padre, siempre que eso no suponga ningún peligro para el reino de Kildar. Cuando el rey Melor, el padre de Arland, y mi propio padre sellaron este compromiso, todo el mundo se preguntó por qué el todopoderoso monarca de If deseaba casar a su heredero con una humilde princesa de un reino sin importancia. Es comprensible que mi padre, cegado por su amor hacia mí, no quisiera poner en tela de juicio los motivos de aquel ofrecimiento. Pero, a lo largo de toda mi vida, yo nunca he dejado de preguntarme por esos motivos que habían decidido mi destino y el del príncipe Arland. Todo esto no puede deberse al capricho de un viejo rey excéntrico. ¿Y si el rey Melor hubiese forzado esta alianza con algún propósito secreto? ¿Y si ese propósito pudiese poner en peligro a todos los habitantes de mi reino? La dinastía de If ha sido siempre justa y clemente con sus súbditos, pero quizá no les importe perjudicar a las gentes de otros lugares con tal de proteger a los suyos.

–Entonces, ¿os habéis disfrazado para descubrir cuál fue la verdadera razón del rey Melor al sellar el acuerdo con vuestro padre?

–Así es. Quiero descubrir qué clase de persona es el príncipe, y si hay alguna imperfección en él que pueda poner en peligro el futuro de Kildar. Si no descubro nada... Bueno, entonces tendré que cumplir la palabra de mi padre y casarme con Arland.

Había tal tristeza en sus últimas palabras, que Keir tuvo que hacer un gran esfuerzo para dominarse y no correr a abrazarla.

–El príncipe tiene muy buena fama entre sus súbditos, ¿no? Parecen quererle –observó con un nudo en la garganta.

–Esa es la impresión que he tenido desde que llegamos a If. Todos le adoran.

Los dos jóvenes se miraron en silencio.

–Permitidme que me quede a vuestro lado –dijo Keir acercándose impulsivamente a la princesa y tomando una de sus manos entre las suyas–. Solo como amigo, para protegeros y estar junto a vos en caso de que me necesitéis. No os causaré ningún problema, os lo prometo. Confiad en mí.

La princesa sonrió con timidez.

–Si lo deseáis, podéis quedaros conmigo –contestó–. En este momento, necesito toda la ayuda posible y vos habéis demostrado sobradamente vuestro valor. Dejasteis vuestra prisión sin saber lo que os esperaba fuera.

–Me fie de vos, y el tiempo os ha dado la razón. No pesaba ningún maleficio sobre mí. ¡Hasta que os conocí, toda mi vida había girado en torno a una gran mentira!

–Es muy extraño –reconoció Dahud.

–Sí, lo es –murmuró Keir con una dureza desconocida en su voz–. Alguien me ha robado todos estos años sin motivo aparente, y quiero averiguar por qué. Si ese tal Astil regresa a la corte, tal vez me decida a contarle mi historia. Quizá él sepa algo, y pueda ayudarme a esclarecer quién soy en realidad y por qué he vivido cautivo durante tanto tiempo.

–Entonces, yo os ayudaré a vos a encontrar la verdad que buscáis, y vos me ayudaréis a mí –concluyó Dahud–. ¿Estáis conforme?

–Conforme –repuso Keir con los ojos brillantes–. Y si al final se demuestra que Arland no es digno de vos, entonces...

–No penséis en eso –le interrumpió Dahud enrojeciendo–. Es mejor no hacerse ilusiones, cuando hay tantas cosas en juego. Hacedme caso: ¡ni vos ni yo podemos permitirnos el lujo de soñar!

6

EL GRAN SALÓN DEL TRONO del Palacio de Aquila era muy diferente de lo que Dahud se había imaginado. A diferencia del resto de las dependencias del palacio, aquella estancia de proporciones gigantescas no exhibía ningún lujo; por el contrario, su escaso mobiliario resultaba extrañamente simple y austero. Sobre un estrado cubierto por una gruesa alfombra púrpura se veía un único trono de madera con delicados adornos de nácar. Más allá se extendían unas cuantas hileras de sillas tapizadas en brocado, y junto a las paredes se veían varias armaduras antiguas y algunos tapices más antiguos aún que representaban escenas de batallas. El centro de la estancia lo ocupaba un bello estanque con el fondo de mosaico, en cuyas cristalinas aguas nadaban algunos peces rojos.

Cuando Dahud, escoltada por sus dos supuestos sirvientes, hizo su entrada en el salón, este ya se encontraba atestado de gente. Prácticamente toda la corte se había reunido allí, y esperaba ansiosa la llegada del príncipe Arland. Entre los presentes, había algunas hadas con altas tocas blancas y el rostro velado, y también varios navegantes, que destacaban entre la multitud por el negro riguroso de sus trajes de terciopelo y sus pequeños medallones dorados. Los demás asistentes a la ceremonia de acogida de la princesa eran miembros de la nobleza de If, hombres y mujeres sobriamente vestidos con los colores de la dinastía reinante: plata, verde claro y color marfil. Muchos hombres llevaban corazas de metal sobre sus túnicas, y largas espadas en sus cinturones. Formaban corrillos entre ellos, cuchicheando por lo bajo, y no hacía falta ser muy perspicaz para percibir su agitación. En cuanto a las damas, a pesar de sus movimientos dignos y reposados, parecían participar también del nerviosismo general. Todo el mundo hablaba en voz baja, aunque, de cuando en cuando, a alguien se le escapaba algún chillido ahogado o una exclamación de ira. Aún no había llegado ningún invitado de la princesa, y cuando el supuesto Duncan y sus acompañantes fueron anunciados, se armó cierto revuelo entre la multitud, que sentía curiosidad por ver a aquel desconocido de quien se rumoreaba que había llegado al país atravesando la Gran Cordillera. Algunos de los presentes le saludaron con cortesía; otros se limitaron a comentar su aspecto en voz baja con sus vecinos, sin preocuparse de lo que pudiera pensar el caballero.

–¿Cómo se atreve a entrar aquí con sus criados? –protestó indignada una dama menuda y elegante cuando la pequeña comitiva pasó ante ella–. Van de insulto en insulto.

–No exageres –le contestó su marido mirando con descaro a los recién llegados–. Son extranjeros, no conocen nuestras costumbres... Quizás en su país sea normal presentarse en el salón del trono rodeado de sirvientes. ¡Suerte tenemos de que no se haya traído a sus caballos!

Se oyeron algunas risas.

Sin embargo, cuando el gran chambelán en persona se acercó a saludar a los invitados de la princesa Dahud, se hizo un profundo silencio. Nadie quería perderse ni un solo detalle de lo que decía el anciano. Los que se encontraban demasiado alejados para oírlo, preguntaban en voz baja a los más próximos cuáles habían sido exactamente sus palabras de bienvenida. Esperaban poder deducir de ellas la actitud que debían adoptar hacia los extranjeros.

Antes de que la princesa y sus acompañantes tuvieran tiempo de acomodarse en alguno de los asientos aún disponibles, empezaron a sonar las trompetas que anunciaban la llegada del príncipe.

–Su alteza el príncipe Arland, Mediador entre los Mundos, Árbitro de los Conflictos, Sabio entre los Sabios, Señor del Gran Enlace, Depositario de la Verdad, futuro soberano del reino de If –anunció con voz cristalina un muchacho rubio vestido con una larga túnica blanca.

En ese mismo instante, se abrieron las recias puertas que había detrás del trono y apareció en el umbral un muchacho alto, de rostro agradable y facciones algo aniñadas. Con el corazón acelerado, Dahud observó detenidamente a aquel joven destinado a convertirse en su marido. Era muy apuesto, no había duda. Sus ojos verdes estaban llenos de amabilidad e inocencia, ofreciendo un atractivo contraste con la seguridad de su sonrisa y la firmeza de su mentón. Instintivamente, Dahud se volvió hacia Keir para observar su reacción al ver por primera vez al príncipe. Quería comprobar qué impresión le causaba. Pero cuando sus ojos se encontraron con los del joven, estuvo a punto de soltar un grito. Keir se había puesto intensamente pálido y temblaba de pies a cabeza. Había tal espanto en su mirada, que parecía que acabase de ver un fantasma.

–Sacadme de aquí –murmuró en tono suplicante–. Necesito aire.

Ante la perplejidad de Sirio, la princesa pasó uno de los brazos del muchacho por encima de sus hombros y, sosteniéndole de ese modo, logró abrirse paso entre los nobles que la rodeaban y precipitarse hacia la salida. La escena desencadenó un murmullo de asombro y desaprobación general. Montar aquel espectáculo en el mismo momento en que el príncipe hacía su entrada solemne en el salón del trono parecía una provocación deliberada. Pero Dahud no tenía tiempo para detenerse a protestar contra las murmuraciones, porque Keir respiraba cada vez con mayor dificultad, y parecía a punto de asfixiarse.

Una vez a solas con él en el corredor, lo condujo suavemente hasta la ventana más cercana y la abrió de par en par. Una bocanada de aire frío y cargado de lluvia les golpeó en el rostro, reanimando un poco al falso criado. Algo más tranquila, Dahud lanzó una mirada hacia las grandes puertas del salón del trono y comprobó que nadie los había seguido.

–¿Qué os ha pasado? –preguntó–. ¿Os ha dado un mareo?

Keir ya respiraba mejor, pero seguía tan pálido como antes, y en sus ojos se leía la misma expresión de terror que en el instante de la entrada del príncipe.

–¿Lo habéis visto? –repuso con voz entrecortada–. Sí, lo habéis visto, ¿verdad?

–¿Que si he visto qué? –preguntó Dahud sin entender nada.

–El príncipe...

La princesa asintió, y le puso una mano en el hombro con gesto tranquilizador.

–Sí, lo he visto –contestó–. Tiene un aspecto agradable... ¿Y qué? Eso no significa nada. Tenéis que serenaros, por favor.

Keir la miró con extrañeza.

–Cómo, ¿no os parece increíble? No me sorprende que la gente murmurase. ¡Todo el mundo ha debido de notarlo!

–¿Notarlo? ¿Notar el qué?

Keir se apartó de la muchacha bruscamente y apoyó la frente en el marco de la ventana, cerrando los ojos como si estuviese experimentando un intenso dolor.

–Por favor, no finjáis –murmuró–. No me lo hagáis aún más penoso. Él y yo somos iguales, ¿creéis que no lo sé? Tenemos el mismo rostro... ¡Somos idénticos!

Permaneció aún unos instantes con los ojos cerrados. Luego, volviendo a abrirlos, se separó de la ventana y se encaró con Dahud. Esta lo miraba como si se hubiese vuelto loco.

–Pero ¿qué estáis diciendo? –repuso mirándolo con fijeza–. No existe el menor parecido. ¡Habéis sido víctima de una alucinación!

Keir se llevó las manos a la cara y se palpó febrilmente los párpados, las mejillas y la boca.

–No; estaba allí, ante mí. Lo vi con toda claridad, no era ninguna alucinación. ¿Creéis que no conozco mi propio rostro? Estáis ciega si no os habéis dado cuenta.

–Cuidado, no os dirijáis a mí en femenino –susurró la princesa–. Recordad que para todos soy Duncan de Meer... Keir, estáis equivocado, os doy mi palabra. No sé qué es lo que creéis haber visto, pero no habéis visto bien. Venid, os lo demostraré... ¿Dónde hay un espejo?

Tomando al joven de la mano, Dahud lo guio por varias salas y pasillos hasta dar con un par de lacayos apostados como estatuas ante una puerta cerrada.

–Perdonadme, ¿dónde podemos encontrar un espejo? –preguntó sin aliento–. Lo necesitamos de inmediato.

Los dos hombres la miraron de arriba abajo, como si no pudieran dar crédito a la estupidez de aquella demanda. No parecían muy seguros de que valiese la pena contestar.

–Hay un espejo grande en el salón de baile –dijo finalmente uno de ellos en tono desabrido–. Los demás están en los apartamentos privados del príncipe.

–¿Dónde está ese salón? –le interrumpió Dahud.

El lacayo señaló con la mano hacia el final del pasillo, y los dos jóvenes echaron a correr en aquella dirección sin tan siquiera darle las gracias.

El salón que les había indicado el lacayo era enorme, y se hallaba completamente desprovisto de muebles. Únicamente había dos lámparas de cristal gigantescas que colgaban del techo, y un gran espejo en la pared opuesta a la de las ventanas.

Al ver el espejo, Keir se detuvo en seco, paralizado. Dahud tiró de él hasta conseguir que se plantase delante de su reflejo.

–Este no soy yo –murmuró el joven al cabo de un instante–. ¿Qué está ocurriendo? ¿Quién es ese hombre?

Dahud, blanca como el papel, se situó a su lado frente al espejo. Keir miró aturdido la imagen inmóvil de la princesa. Sintió la mano de ella posarse con suavidad en su antebrazo mientras su reflejo, con un gesto simétrico, se apoyaba levemente en la imagen del desconocido.

–Sois vos, Keir –oyó que le decía Dahud–. Ese es vuestro verdadero aspecto.

Keir se volvió hacia ella con ojos extraviados.

–No puede ser –susurró–. Yo no soy así. Lo sé; estoy completamente seguro.

La princesa le tomó de la mano y se quedó mirándolo con expresión meditabunda.

–¿Teníais espejos en vuestra prisión? –preguntó.

Keir se apartó un mechón de cabellos de la frente.

–No, no había ningún espejo en la torre –dijo pensativo–. Es extraño, ahora que lo decís...

–Entonces, ¿cómo estáis tan seguro de que esa imagen que estáis viendo no es la vuestra?

El joven volvió a observar aquella imagen que no reconocía como suya en el espejo.

–Es largo de explicar –dijo apartando bruscamente la mirada, incapaz de soportar lo que veía–. Una vez os hablé de los sueños que tenía durante mi cautiverio; pero lo que no os dije fue hasta qué punto algunos de esos sueños parecían reales. Especialmente uno que se repetía cada año, hacia las mismas fechas... Era tan vívido y tan impresionante, que a veces pienso que no se trataba de un sueño, sino que era algo que me sucedía de verdad. En ese sueño, yo me despertaba a bordo de un barco de cristal lleno de damas y caballeros suntuosamente vestidos. A mi lado había un hombre entrado en años, de rostro inteligente y venerable. Siempre era el mismo hombre, aunque cada año se le veía un poco más viejo. Él era el único que iba vestido con sencillez. Él, y yo...

El joven hizo una pausa para tomar aliento. Se notaba que tenía dificultades para respirar.

—Ese hombre, acercándose a mí, me susurraba que me lanzase al agua y buscase una espada herrumbrosa que hallaría en el fondo. Yo le obedecía. Justo antes de saltar, veía por un momento mi imagen reflejada en las serenas aguas del mar. Era idéntica a la del príncipe Arland.

—¿Estáis seguro? —preguntó la princesa con voz temblorosa.

—Completamente. Yo nunca he visto mi reflejo en otro lugar.

—¿Y después? ¿Os lanzabais a por la espada?

—Después me lanzaba al agua, sí. Y ahí, de pronto, todo se volvía confuso. Sentía la densidad del líquido a mi alrededor, eso lo recuerdo... Pero todo lo demás son imágenes vagas. Veo a una mujer extraña, con cabellos verdosos y plateados, larguísimos. Es muy hermosa. Me habla, pero no recuerdo lo que me dice. Y luego, nada.

—¿Cómo que «nada»?

—Nada. Me despierto en mi cama, sudoroso y con el rostro bañado en lágrimas. No sé lo que ha ocurrido con el barco ni con la espada. Me duele la cabeza, y estoy tan débil que ni siquiera puedo abrir los ojos. Siempre ocurría de la misma manera: pasaba varios días con fiebre, y mi carcelero acudía a cuidarme. Después, poco a poco, me curaba.

—¿Y decís que ese sueño se repetía cada año? —preguntó la princesa con una voz extrañamente enronquecida por la emoción.

—Así es; cada año, desde que yo tengo memoria.

—¿También cuando erais niño?

—También.

Dahud se desabrochó entonces los botones de su jubón de hombre y extrajo un medallón de plata que llevaba colgado sobre el pecho. Apretando un diminuto resorte, abrió el medallón, que contenía un retrato en miniatura de un niño de unos ocho años de edad.

–¿Entonces os veíais así? –preguntó poniendo el retrato ante los ojos de Keir.

El joven asintió, estupefacto.

–Sí; ese soy yo de pequeño. ¿Cómo ha llegado eso a vuestras manos?

–Es un retrato del príncipe Arland. Su padre me lo hizo llegar como regalo en mi cuarto cumpleaños. Me acostumbré a llevarlo conmigo.

–Entonces, ¿también de niño soñaba que tenía el rostro del príncipe? No puedo creerlo...

–Tal vez, como habéis dicho, no se tratase de un sueño.

Keir alzó hacia la princesa sus bellos ojos claros, más profundos y enigmáticos que nunca.

–¿De veras pensáis así? –preguntó, agradecido–. Entonces, no me tomáis por loco...

–Keir, hay muchas cosas en vuestro pasado que parecen increíbles, pero vos no tenéis la culpa de ello. Había magia en esa torre; no me preguntéis cómo lo sé, ahora no hay tiempo para los detalles. Sirio y yo pensamos que os protegeríamos ocultándoos algunas de las cosas que vimos.

–¿Por qué? –se extrañó el joven–. ¿Tan poco confiáis en mí?

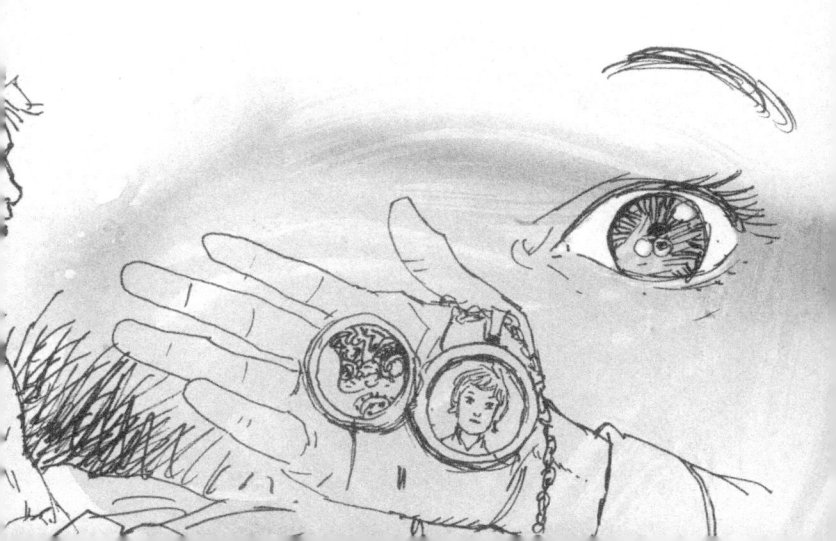

–No se trata de eso –replicó Dahud con impaciencia–. Ni Sirio ni yo estamos familiarizados con la magia, y no sabíamos cómo actuar... Pero una cosa es segura, Keir: fuesen cuales fuesen los motivos de quienes os encerraron en esa torre, está claro que eran gentes muy poderosas. Tenemos que averiguar cuáles fueron sus razones para manteneros prisionero durante tantos años. Lo que acabáis de contarme puede ser una pista importante. Ese sueño...

Se interrumpió bruscamente al oír un chirrido en la puerta. Era Sirio.

–Alteza, el palanquín está a punto de hacer su entrada en el salón del trono. Es necesario que terminéis con esto cuanto antes. Vuestra presencia es imprescindible... ¿Por qué estáis tan pálida?

–Más tarde te lo explicaré. Ahora debemos regresar. Keir, acompañadnos, os lo ruego –añadió sonriendo con una mezcla de ironía y dulzura–. No podemos perdernos la solemne llegada de la princesa.

7

El palanquín de oro procedente del barco ya se encontraba dentro del gran salón del trono cuando los tres invitados regresaron. A su alrededor, los diez hombres que lo habían transportado permanecían inmóviles como estatuas, formando una especie de guardia protectora que impedía acercarse a los curiosos. Entre los asistentes a la ceremonia, reinaba de pronto un silencio sepulcral. En medio de aquel terrible silencio, el príncipe Arland descendió de su trono y avanzó solemnemente hacia el palanquín.

–Alteza, sed bienvenida a vuestro nuevo hogar –pronunció en voz alta y clara–. Nos hacéis un gran honor viniendo a nuestra corte. Podéis abandonar vuestro palanquín sin ningún temor. Todos los aquí presentes, incluido yo, nos consideramos vuestros más fieles y leales súbditos.

En el interior del palanquín se oyó una tosecilla, amortiguada por las gruesas planchas de oro que recubrían el extraño vehículo.

–Os agradezco vuestra bienvenida y vuestras cordiales palabras –repuso la voz aguda y cristalina de la supuesta princesa–. Me siento muy honrada de ser vuestra invitada, pero no puedo acceder a vuestros deseos. Por el momento, no abandonaré mi palanquín.

Un murmullo de estupefacción recorrió la sala. Las mejillas del príncipe habían perdido el color.

–¿Y eso por qué, princesa? –preguntó haciendo un gran esfuerzo para mantener la compostura–. ¿Acaso hay alguien aquí que os haya ofendido?

–Nadie, alteza. Y os ruego que vos tampoco os sintáis ofendido por mi decisión.

El príncipe tragó saliva.

–Señora, estáis ante toda la corte del que ha de convertirse en vuestro futuro reino –dijo con voz firme–. Si no queréis incurrir en una grave descortesía, creo que debéis darnos alguna explicación.

Un largo silencio siguió a aquellas palabras.

–Príncipe Arland, he venido a vuestro país de buena fe, dispuesta a cumplir la palabra de mi padre y a casarme con vos –dijo finalmente la lejana vocecilla–. Pero, antes, es mi deber asegurarme de que mi futuro esposo es tan inteligente y virtuoso como su fama pregona. Pensad que, al desposarme, os convertiréis en el soberano de mi reino, el pequeño país de Kildar. No puedo imponerles a mis súbditos un soberano incapaz. Si vuestras dotes de gobernante son tan perfectas como se dice, será un honor para mí convertirme en vuestra esposa y compartir con vos el trono de nuestros dos países. Pero antes debo comprobar que los rumores no mienten. Espero que sepáis entenderlo.

Por todas partes estallaron gritos de incredulidad y airadas protestas. Las palabras de la princesa eran de una insolencia inaudita. Muchos de los caballeros presentes se llevaron instintivamente la mano al puño de sus espadas y avanzaron hacia el palanquín con expresión amenazadora, pero el príncipe los detuvo con un gesto.

—Esperad —ordenó—. Oigamos qué es lo que quiere la princesa. Alteza, hablad claro y sin rodeos. ¿Cuáles son vuestras exigencias?

De nuevo se oyó una irritante tosecilla en el interior del palanquín de oro.

—Quiero someteros a dos pruebas —fue la respuesta de la joven—. Si salís airoso de ellas, abandonaré mi palanquín.

Se hizo un tenso silencio en el gran salón del trono. Todos los presentes miraban expectantes al príncipe, que se había puesto mortalmente pálido.

—Adelante —dijo finalmente Arland con acento imperioso—. Plantead las pruebas que deseéis. Estoy dispuesto a someterme a ellas.

Se produjo entonces una algarabía ensordecedora alrededor del palanquín. Los nobles de la corte luchaban por atravesar el cerco de los porteadores, que les impedían el paso con sus largas lanzas. Una anciana dama se desmayó, y otras se precipitaron a atenderla. Un hombre de la corte se acercó al príncipe y le susurró algo, sudoroso y desconcertado.

En medio de aquel desbarajuste general, Keir observó que Dahud le decía algo al oído a su criado Sirio, y que este se alejaba hacia el fondo del salón. Unos momentos después, regresaba acompañado del gigantesco personaje que respondía al nombre de Atlas, y al que Keir ya había tenido ocasión de ver la noche anterior. Mientras el gran chambelán recorría las filas de cortesanos, intentando restablecer el orden, Atlas escuchó en silencio y con la cabeza gacha las palabras de la auténtica princesa. Keir se encontraba muy cerca de ellos, pero los nobles que los rodeaban hacían tanto ruido con sus gritos y protestas que no consiguió oír nada de lo que decía Dahud. Lo único que vio fue que el gigante, después de asentir varias veces, se alejaba con expresión pesarosa, avanzando pegado a la pared hasta salir del gran salón. Por su parte, Sirio daba muestras de un gran nerviosismo y, aferrándose a la manga de Dahud, le murmuraba algo con gesto implorante.

Mientras esto ocurría, el príncipe había regresado a su trono y se había sentado majestuosamente en él. Luego, tomando su pesado cetro de oro y rubíes en la mano derecha, golpeó enérgicamente el suelo con él tres veces seguidas.

–¡Silencio! –ordenó con voz de trueno, logrando que, instantáneamente, todos sus súbditos enmudecieran–. Os exijo que no ofendáis a mi prometida. Señora, decidnos en qué consiste vuestra primera prueba, y acabemos con esto cuanto antes.

Una vez más, brotó de las profundidades del palanquín la voz de plata de la falsa princesa.

–La primera prueba es a la vez de erudición y de inteligencia –dijo–. Estoy segura de que no la encontraréis muy difícil. Uno de mis porteadores lleva consigo un pergamino en el que he ordenado consignar algunos de los hechos más relevantes de la historia de vuestro reino. Evan, lee el contenido del pergamino.

Obedeciendo la orden recibida, uno de los porteadores extrajo de entre los pliegues de su túnica un pergamino enrollado y, tras desplegarlo, leyó con voz temblorosa lo siguiente:

—«Este pergamino contiene cuatro párrafos verdaderos. Decid cuáles son y habréis superado la prueba.»

El hombre hizo una pausa para aclararse la garganta. Se le veía muy nervioso, pero, aun así, logró reunir fuerzas para seguir adelante con la lectura.

—«Primero: No hubo hombres en la Tierra de If hasta la llegada de Anyon y Camlin, los dos hermanos fundadores del reino. Antes, solo los seres del Mundo Mágico poblaban estas costas.

»Segundo: Anyon y Camlin ofrecieron como regalo a los seres del Mundo Mágico el don de la escritura, y estos, a cambio, les dieron a elegir entre sus más preciados dones: el de la verdad y el de la inmortalidad.

»Tercero: Camlin eligió el don de la verdad y se convirtió en el primer rey de If. Su hermano Anyon trató de traicionarle, entregando el don de la verdad a cambio de la vida eterna. Pero Camlin fue más valeroso que Anyon y logró conservar para sus descendientes el preciado don que había elegido. Gracias a ese don, los gobernantes de If, a diferencia del resto de las criaturas humanas, pueden distinguir la verdad de la mentira e impartir una perfecta justicia.

»Cuarto: Tras su derrota, Anyon huyó de If y fundó su propio reino en un territorio lejano.

»Quinto: El rey Camlin tuvo un hijo llamado Anwell y una hija llamada Alma. Anwell huyó de la tierra de If al llegar a la mayoría de edad y nadie volvió a verlo jamás. Alma se convirtió en la segunda reina de If, y de ella descienden los actuales soberanos del reino.»

El porteador alzó los ojos del pergamino y lo enrolló cuidadosamente. Los cortesanos empezaron a cuchichear entre sí con gesto de perplejidad. Por fin, se alzaron algunas voces.

–¡Príncipe, esto es una burla! –dijo un anciano caballero–. ¡No os prestéis a semejante pantomima! Todos los presentes sabemos que, de los párrafos que se han leído, solo tres son verdaderos.

–Dejad que sea el príncipe quien conteste –dijo con dulzura la voz del palanquín–. Si reúne las cualidades que se le suponen a un rey de If, no creo que necesite la ayuda de sus súbditos.

–¡Pero es que esto es una tomadura de pelo! –insistió el anciano–. ¡Alteza, ya habéis sido demasiado tolerante!

Muchos de los presentes aplaudieron las palabras del anciano. Pero el príncipe les hizo callar con un gesto.

–No se trata de ninguna burla –afirmó serenamente–. El acertijo está bien planteado, y es sencillo de resolver. Tal y como se nos ha dicho,

Primero:

existen en ese pergamino cuatro párrafos verdaderos. Es cierto que el reino lo fundaron Anyon y Camlin, y también lo es que ofrecieron el don de la escritura a los seres del Mundo Mágico, y con él, el maravilloso don de la memoria. También es verdad que, a cambio, se les dio a elegir entre verdad e inmortalidad, y que Camlin eligió la verdad, desoyendo los consejos de su hermano.

–¿Lo veis? –le interrumpió el anciano caballero–. Solo los tres primeros párrafos son ciertos.

–Esperad –le exigió Arland–. Sigamos analizando el contenido del pergamino... De los dos hijos que tuvo Camlin, fue Anwell quien permaneció en If. Alma abandonó el reino al cumplir los dieciocho años traspasando la Gran Cordillera, y nunca se volvió a saber de ella; por tanto, el párrafo que dice lo contrario es falso. Y el anterior también lo es, porque Anyon no fundó ningún reino fuera de las fronteras de If, sino que quedó atrapado para siempre en el maleficio de su propia traición.

–Alteza, le estáis dando la razón a vuestro humilde súbdito –insistió suavemente el anciano–. Solo hay tres párrafos verdaderos en el pergamino, no cuatro.

–Os equivocáis –repuso Arland sonriendo–. Hay un cuarto párrafo verdadero: el que afirma que el pergamino contiene cuatro párrafos verdaderos. Ese también se ajusta a la verdad. Por lo tanto, la prueba estaba bien planteada.

–Y vos la habéis resuelto hábilmente, príncipe –dijo con admiración la voz femenina del palanquín–. Y con ello me habéis dado una gran alegría. Adalard, abrid la primera puerta.

Otro de los porteadores que rodeaban el palanquín avanzó hacia su parte delantera y accionó un resorte en su borde inferior. Al instante, el panel de oro macizo se deslizó hacia arriba dejando al descubierto otro panel similar, aunque este parecía menos grueso y se hallaba completamente cubierto de delicadas filigranas y dibujos que representaban el Sol, la Luna y las principales constelaciones de estrellas. Todos los dibujos estaban labrados en oro excepto una de las estrellas de la constelación que ocupaba el centro del panel, formada por un único diamante purísimo.

–El segundo desafío que me atrevo a proponeros pondrá a prueba vuestra destreza con el arco –explicó la cantarina voz de la falsa princesa desde el interior del palanquín–. Mi fiel Adalard os entregará uno de los célebres arcos de Kildar, famosos por su flexibilidad y puntería. Desde la puerta de este salón, deberéis disparar a la estrella de diamante de mi palanquín y acertar a romperla con vuestra flecha.

–Soy un buen arquero –dijo Arland sin alterarse–. Entregadme ese arco; acepto el desafío.

El porteador que había accionado el resorte del palanquín avanzó con un viejo arco de madera en los brazos y se lo entregó al príncipe. También le entregó una única flecha.

El príncipe ya se disponía a ocupar la posición que se le había indicado para el disparo cuando Adalard se interpuso en su camino y, sin decir palabra, le colocó una máscara de oro macizo sobre el rostro. La máscara tenía una minúscula abertura a la altura de la nariz, y ninguna a la altura de los ojos. De nuevo estallaron las protestas y los gritos.

–¿Qué hace?

–¡Detenedlo!

–¡Se ha atrevido a tocar al príncipe! –se oía por doquier.

Varios caballeros cayeron sobre Adalard y lo tiraron al suelo, inmovilizándole.

–Alto –dijo el príncipe, con la voz distorsionada por la máscara–. No hagáis nada. Princesa, ¿qué significa esto?

–Os dije que era una prueba de destreza... ¿Qué destreza se necesita para acertar a un blanco que uno está viendo? Lo extraordinario es dar en la diana sin ayudarse de los ojos. Y yo espero lo extraordinario de vos, príncipe.

La gente miró expectante a Arland, que permanecía inmóvil delante del palanquín.

–Entonces, es preciso que dispare con la máscara puesta. ¿Me está permitido quitármela hasta ese momento? –preguntó el príncipe sin perder la calma.

La voz del palanquín tardó unos instantes en contestar.

–Desde luego –dijo al fin–. El único requisito que debéis cumplir es llevarla puesta en el momento de efectuar el disparo.

El príncipe se quitó la máscara con majestuosa dignidad y llamó a uno de sus lacayos de confianza.

–Dunn, tráeme una copa de cristal y un odre lleno del mejor vino –ordenó.

El lacayo hizo una reverencia y se alejó para traer lo que se le pedía, en medio de los cuchicheos de toda la corte.

–¿Qué se propone? –preguntó en voz baja Sirio, que había vuelto a ocupar su puesto junto a Keir–. ¿Piensa emborracharse para afinar su puntería?

Keir le miró de un modo extraño, como si no hubiese oído su pregunta.

–¿Qué va a hacer ese hombre, ese tal Atlas? –preguntó a su vez, sin dejar de mirar al anciano criado–. ¿Qué le ha ordenado ella que haga?

Sirio frunció el ceño, visiblemente contrariado.

–No os metáis en eso –repuso en tono de advertencia–. Mirad, ya vuelve el lacayo.

En efecto, el hombre que respondía al nombre de Dunn se aproximó al príncipe con la copa y el odre que este había pedido.

Arland tomó la copa entre sus manos y examinó atentamente su finísimo cristal. Luego se volvió hacia el palanquín.

–Princesa, ¿conocéis a alguien que haya acertado a un blanco en las condiciones que vos me exigís?

–Nadie que lo haya intentado lo ha conseguido jamás –afirmó la falsa princesa tras una tintineante risa.

–Entonces, yo no lo intentaré –dijo el príncipe–. Dunn, lléname la copa. Y no dejes de verter vino hasta que yo te ordene que pares.

Ante el asombro de todos los presentes, Dunn comenzó a escanciar el vino en la transparente copa que sostenía el príncipe, y no dejó de hacerlo cuando esta comenzó a rebosar. El vino caía al suelo por los bordes de la copa, pero Arland no decía nada, de modo que su lacayo continuaba vertiendo el líquido del odre, que burbujeaba un instante en la superficie del recipiente lleno antes de desbordarlo e ir a parar al suelo. Aquella extraña situación se prolongó largo rato, hasta que el odre estuvo vacío. El charco de color sangre que se había formado en el suelo era tan grande, que había empapado el borde del vestido de algunas de las damas más próximas.

–Gracias, Dunn –dijo entonces el príncipe con la mirada vacía–. Necesitaba contemplar con mis propios ojos qué le ocurre a un corazón cuando rebosa de deseos e intenciones. Todos lo habéis visto. Nada nuevo puede entrar en él; la realidad se derrama a su alrededor sin introducirse en su recinto cristalino. Es preciso vaciar el vaso para dejar lugar al misterio del mundo exterior, ese es el secreto: hay que vaciar el corazón.

En medio de un profundo silencio, el príncipe caminó hacia el lugar que le había señalado la princesa para efectuar su disparo.

–Ponedme ahora la máscara –ordenó–. Mi corazón ya está vacío.

Adalard le ajustó nuevamente la máscara de oro. El príncipe alzó con lentitud el arco, tensó la cuerda y apuntó con la flecha. Luego, sin la menor vacilación, disparó. La flecha silbó en el aire unos segundos y se estrelló contra el diamante, haciéndolo estallar en mil pedazos. Todos los presentes comenzaron a aplaudir, entusiasmados. Hasta los porteadores de la princesa estallaron en exclamaciones de júbilo. Antes de que los aplausos cesaran, el panel de oro labrado que había servido de blanco se deslizó hacia arriba, y del interior del extraño vehículo descendió una grácil figura femenina con el rostro velado.

–Habéis sido muy hábil, príncipe –dijo la joven desde detrás de su velo–. La única forma de acertar ese disparo era renunciando a imponerle vuestra voluntad a la flecha, y vos lo habéis adivinado... Empiezo a creer que todo lo que se dice de vos es cierto. Al igual que vuestros antecesores, tenéis el don de saber elegir entre todos los caminos aquel que conduce al modo de obrar más recto y acorde con la verdad.

Los cortesanos de If estaban tan contentos, después de lo que acababa de ocurrir, que algunos incluso aplaudieron tímidamente las palabras de la princesa. Sin embargo, el príncipe no parecía compartir su alegría.

–¿Y adivino si afirmo que aún me tenéis reservada una tercera prueba?

–¿Cómo lo habéis sabido? –preguntó burlonamente la joven oculta bajo el velo.

–No os habríais cubierto de ese modo si no tuvierais una tercera condición que imponerme –repuso sombríamente el príncipe–. Y algo me dice que, para vos, esta es la más importante de todas.

La princesa se irguió y adoptó una actitud solemne.

–Así es –reconoció–. Si deseáis que os descubra mi rostro, deberéis someteros a una tercera prueba. Esta será la última, os doy mi palabra. Y si salís bien parado, mi mano será vuestra, y con ella, mi reino y mi corazón.

–Está bien –suspiró el príncipe–. ¿De qué se trata esta vez?

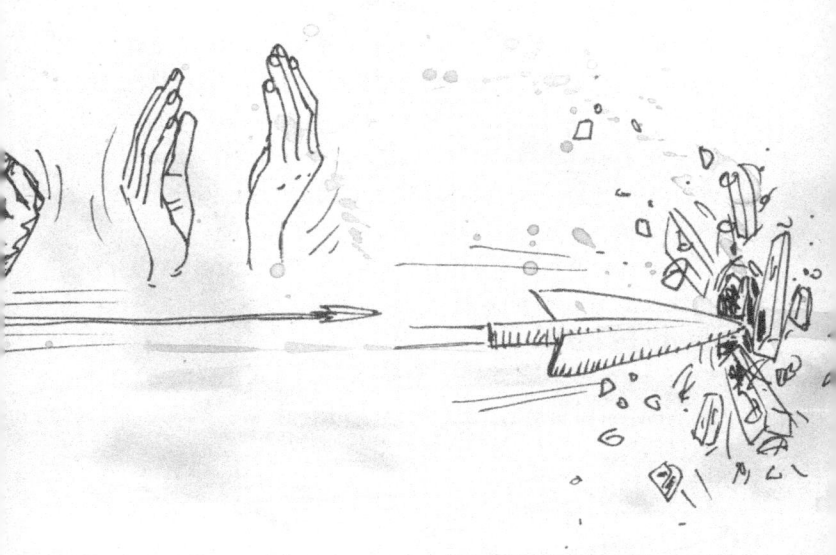

Antes de que la joven hablase, Keir sorprendió la suplicante mirada que Sirio le dirigía a Dahud.

—En mi país creemos que las espadas siempre dicen la verdad —repuso tras un instante de vacilación la joven del palanquín—. Dejemos que las espadas hablen por nosotros. Mi condición para mostraros el rostro que se oculta detrás de este velo, es que os batáis en un duelo a primera sangre con el caballero que elija mi espada. Si salís vencedor de ese combate, me casaré con vos.

Se oyó un murmullo de sorpresa entre los cortesanos.

—¿Queréis que me bata con uno de los caballeros de mi corte? —preguntó el príncipe, sorprendido.

—Quiero que os batáis con uno de los caballeros presentes en esta sala, y para ello les ruego a todos ellos que formen un círculo en torno a mi persona, a fin de que mi espada tenga la oportunidad de elegirme un paladín.

Se armó cierto revuelo en el gran salón mientras los jóvenes cortesanos se apresuraban a cumplir la última exigencia de la princesa. Algunos caballeros de mediana edad quisieron entrar a formar parte del círculo, pero la muchacha velada los rechazó con amabilidad, alegando que la edad de los contendientes debía ser parecida para que el combate resultase justo.

Cuando Dahud, disfrazada de hombre, se dispuso a ocupar su lugar en el círculo, Keir la retuvo asiéndola por un brazo.

—Esperad —le dijo—. Vos no podéis batiros. Dejad que sea yo quien ocupe vuestro lugar.

–¿Vos? –se extrañó la joven–. Pero si nunca habéis tenido oportunidad de aprender el manejo de la espada...

–Soy bastante ágil y diestro con las manos. Estoy seguro de que sabré defenderme, en caso de resultar elegido. Además, no es más que un duelo a primera sangre.

–No os ofendáis, Keir –le respondió Dahud con una leve sonrisa–. Os agradezco vuestro gesto, pero es imposible que me sustituyáis. Para todos los presentes, vos no sois más que un criado del noble Duncan. Y un criado no puede batirse en duelo.

Keir soltó a la princesa, herido.

–Está bien; solo quería protegeros. Pero ya veo que despreciáis mi ayuda.

Dejando a Keir enfurruñado al lado de Sirio, Dahud, con su disfraz de hombre, se introdujo en el círculo de caballeros que se había formado en torno a la falsa princesa.

Cuando el círculo estuvo perfectamente cerrado, la joven se abrió el manto de terciopelo negro que la cubría y, llevándose la mano derecha al costado, extrajo de la vaina dorada que llevaba sujeta al cinturón una recia y afilada espada.

–Acercaos todos a mí –ordenó–. Que el círculo se cierre tanto como sea posible.

Todos los caballeros avanzaron varios pasos. Justo entonces, la joven lanzó la espada hacia lo alto con gran destreza. La espada dio un par de vueltas en el aire antes de caer. Instintivamente, todos los caballeros del círculo retrocedieron. Todos menos uno... La espada fue a parar directamente a los pies de la princesa Dahud.

8

–La espada ha elegido a un caballero de mi corte para batirse con vos –dijo suavemente la joven del palanquín dirigiéndose al príncipe–. El noble Duncan será mi paladín... Es muy diestro con la espada, os lo advierto. Será un difícil adversario.

Uno de los jóvenes que habían formado parte del círculo poco antes se adelantó temblando de indignación.

–Príncipe, no aceptéis, os lo imploro –dijo–. Todo esto no ha sido más que una burda trampa. ¿No os parece muy sospechoso que el único caballero de la corte de Kildar presente en este salón haya sido el elegido por la espada de la princesa para batirse con vos? Reconoceréis que es demasiada casualidad.

Pero el príncipe lo miró con mal disimulado enfado.

–Aquí no ha habido casualidad alguna –dijo con dureza–. La princesa no tiene la culpa de que todos los caballeros de mi corte se hayan apartado cobardemente para evitar su espada. Me batiré con el noble Duncan, ya que es el único que ha tenido el valor suficiente para permanecer en su sitio. Si no queréis asistir al duelo, tenéis mi permiso para abandonar la sala.

Los caballeros aludidos se apartaron, avergonzados. La falsa princesa también retrocedió, y dio órdenes a sus porteadores para que retirasen el palanquín del centro de la estancia. Luego, para sorpresa de Keir, Atlas se arrodilló ante el príncipe, ofreciéndole una espada sobre un cojín de raso púrpura.

–Esa es la espada con la que deberéis batiros –explicó la joven velada–. Duncan luchará con la mía. Si tenéis alguna duda acerca del arma que os ofrezco, podéis compararla con la de mi paladín. Observaréis que ambas son idénticas.

–No deseo hacer ninguna comprobación –repuso él con dignidad–. Vuestra palabra es suficiente para mí.

El príncipe tomó la espada que Atlas le ofrecía y la sopesó cuidadosamente entre sus manos. Luego, situándose en posición de ataque, se encaró con su rival.

La princesa Dahud, con la espada en la mano, comenzó a girar lentamente alrededor del príncipe. Fue ella la primera en decidirse a atacar, lanzándole una estocada a su adversario que este logró esquivar sin demasiados problemas. Ambos contendientes eran extraordinariamente diestros con sus armas, y las fintas se sucedían sin que ninguno de los dos lograse tan siquiera rozar a su enemigo.

Cada vez que el filo de la espada del príncipe pasaba cerca de Dahud, Keir lanzaba un grito ahogado. Sus ojos parecían los de un loco, y las personas que le rodeaban comenzaron a apartarse, asustadas. Sirio, perplejo, lo miraba de cuando en cuando sin saber qué hacer. Parecía también muy agitado, pero, al mismo tiempo, era evidente que no quería llamar la atención.

—Controlaos —murmuró al oído de su compañero—. ¿Qué os pasa? No es más que un combate a primera sangre.

Keir clavó en él una mirada llena de desconfianza.

—Algo está mal —repuso entre dientes—. Y vos lo sabéis tan bien como yo. ¡Debéis parar todo esto!

—Ya es demasiado tarde —replicó Sirio con tristeza—. Además, ¿qué sabéis vos?

—Lo suficiente como para darme cuenta de que ella está en peligro. ¿Es que no os importa?

Antes de que el anciano tuviese tiempo de responder, oyeron un grito ahogado de Dahud. Sin pararse a reflexionar, Keir corrió hacia el príncipe, dispuesto a lanzarse sobre él y arrebatarle la espada. Pero, antes de que pudiese lograrlo, un par de cortesanos le interceptaron y, tras asestarle varios golpes, lo arrastraron hasta el estanque, arrojándolo dentro. Sirio corrió a sacarlo del agua; estaba inconsciente.

Aquel incidente atrajo por un momento la atención de la princesa, que se quedó mirando al joven tendido en el suelo con expresión aturdida. Su distracción apenas duró unos segundos, pero el príncipe Arland supo aprovecharla. Antes de que Dahud pudiera recuperarse, la atacó desde el lado derecho, lanzándole una estocada que parecía dirigida directamente al hombro. Sin embargo, en el último momento, Arland desvió ligeramente la espada, que atravesó la manga del jubón de su contrincante y fue a clavarse en una de las columnas de madera de la sala. La princesa, así inmovilizada, se quedó mirando fijamente al príncipe con expresión de cólera. Arland le hizo una profunda reverencia y se apresuró a desclavar su espada de la columna, dejando nuevamente libre a su rival.

–Había oído decir que la princesa Dahud era extraordinariamente hábil con la espada, pero nunca pensé que fuera a tener la oportunidad de medirme con ella –dijo con gravedad–. Los rumores acerca de vuestra destreza se quedan cortos, alteza. Os batís mejor que el mejor de mis caballeros.

–Me habéis descubierto –murmuró Dahud–. Habéis adivinado la verdad, a pesar de la máscara mágica que me oculta. Sirio, tráeme el agua.

El anciano criado le tendió instantáneamente a su ama la cantimplora que habían llenado con el agua del lago de la hechicera. Dahud vertió un poco del transparente líquido en su mano y se lavó el rostro con él. Entonces, el hechizo que le hacía parecer un hombre se deshizo como por ensalmo, y todos pudieron admirar el verdadero aspecto de la princesa Dahud. Su belleza hizo enmudecer incluso a los que hasta entonces se habían mostrado más intolerantes hacia las exigencias de la prometida del príncipe. Después de contemplar sus maravillosos ojos llenos de inocencia, nadie podía seguir poniendo en duda la rectitud de sus intenciones.

—Habéis superado la tercera prueba al escuchar la verdad de la espada –dijo la joven con labios temblorosos–. Señor, sois un digno príncipe para vuestro pueblo. Será un honor para mí ser vuestra esposa.

La corte estalló en aplausos mientras el príncipe tomaba de la mano a su prometida.

—¿Os encontráis mal? –le preguntó en voz baja–. Estáis muy pálida, parecéis a punto de desmayaros.

—Perdonadme, alteza. Es la emoción del momento.

—¡Lástima que mi buen Astil no se encuentre en palacio! –dijo Arland en voz alta para que todos pudieran oírlo–. Si estuviese presente, podríamos celebrar la boda hoy mismo... ¡Ahora que ya no existe ninguna barrera entre nosotros, no hay razón alguna para retrasar la ceremonia!

—¿Es Astil quien debe oficiarla? –preguntó la princesa con un hilo de voz–. Pensé que ese mago era vuestro visir.

—Lo es, pero también es el sumo sacerdote del reino. Sin él no podemos celebrar el matrimonio. Pero no os preocupéis, no tardará en regresar. Dentro de tres días se oficia el ritual de las Bodas del Mar, del que sin duda habréis oído hablar.

¿La ceremonia mediante la cual los reyes de If renuevan cada año su alianza con el Mundo Mágico? El sumo sacerdote arroja la Espada de la Verdad al mar y el rey en persona se lanza a buscarla... ¿No es eso?

–Así es –confirmó el príncipe–. El rito se celebra en las inmediaciones de la isla de Seyr. Mañana mismo debemos partir hacia allí en el barco ceremonial. Y Astil debe embarcar conmigo, de modo que su llegada es inminente.

La princesa le miró de un modo extraño.

–Tengo una idea –dijo de pronto–. ¿Por qué no celebrar nuestro matrimonio el mismo día de las Bodas del Mar, y a bordo del mismo barco? Sería muy hermoso, ¿no os parece?

El príncipe Arland la miró con inquietud.

–No sé si eso será posible –contestó–. Y no veo la necesidad de mezclar las dos fiestas.

Dahud alzó las cejas con ironía.

–Tenía entendido que los enamorados, por lo general, acceden de inmediato a las peticiones de sus amadas, por disparatadas que sean –dijo con suavidad–. Y reconoceréis que mi petición no es disparatada en absoluto, sino, por el contrario, bastante razonable... Pero, claro, vos no me amáis; únicamente vais a desposaros conmigo para cumplir los deseos de vuestro difunto padre.

El príncipe enrojeció de vergüenza.

–No, alteza, eso no es cierto –aseguró con un acento de sinceridad que sorprendió a la propia Dahud–. Toda mi vida he sabido que debía casarme con vos, y he crecido esperando ese momento. Y ahora que os he visto... Bueno, ahora más que nunca ansío cumplir la promesa de mi padre. Perdonad mis vacilaciones de antes, os lo ruego; si deseáis que nuestros esponsales coincidan con las Bodas del Mar, así será; os doy mi palabra.

Mientras hablaban, la joven que había viajado en el palanquín haciéndose pasar por la princesa se había quitado el velo, dejando al descubierto un rostro alegre y vivaracho. Algunas damas se habían congregado a su alrededor y le hacían preguntas, que ella respondía encantada.

Los ojos del príncipe se fijaron en ella.

–Esa es Lea –explicó Dahud siguiendo la dirección de su mirada–. Es mi primera dama de compañía, y mi mejor amiga. Ha interpretado muy bien su papel ¿no os parece?

Arland rio.

–¡Desde luego! Hasta que empecé a luchar con vos, no me di cuenta del engaño. Es muy bonita, y parece inteligente. Seguro que le encontraremos un buen marido aquí en la corte; de ese modo, podrá permanecer a vuestro lado.

La mirada de la joven Lea se cruzó un momento con la del príncipe, y la sonrisa de la muchacha desapareció.

–Estoy muy cansada –dijo Dahud–. Todo esto ha sido muy difícil para mí... Si me disculpáis, querría retirarme a descansar a mis aposentos.

–Vuestras habitaciones están preparadas –repuso Arland–. Estoy seguro de que las encontraréis más cómodas y hermosas que las que habéis ocupado hasta ahora. El alojamiento del noble Duncan no es digno de la futura reina de If.

—No, príncipe, os lo ruego. Prefiero irme a mis antiguas habitaciones. Estoy demasiado fatigada para una mudanza.

—Como gustéis —repuso el príncipe, mirándola con preocupación—. ¿Queréis que os envíe a alguno de mis médicos? Vuestra palidez me inquieta.

—No es nada; se me pasará con una buena noche de sueño —aseguró la princesa, esforzándose en sonreír.

—Más vale que sea así, porque, si queréis que nuestro casamiento se celebre durante las Bodas del Mar, deberéis embarcar conmigo mañana al mediodía rumbo a la isla de Seyr.

—Mañana al mediodía... Estaré preparada.

La joven dirigió una reverencia a su prometido y otra a los nobles que se habían congregado en torno a Lea. Luego, rechazando a las dos damas que el príncipe había hecho llamar para que la acompañaran, abandonó ella sola el salón del trono.

En cuanto estuvo segura de que nadie podía verla, echó a correr hacia la torre de los invitados como una exhalación. Su nerviosismo le hizo equivocarse varias veces de camino, y a punto estuvo de caer al tropezar con una antigua armadura apostada junto a unas escaleras. Finalmente, casi sin aliento, logró llegar a los aposentos que le había asignado el gran chambelán.

En la antecámara, acostado sobre un diván, encontró a Keir, que acababa de recobrar el conocimiento. Sirio, arrodillado a su lado, le estaba poniendo una compresa de agua fría sobre la frente.

—Está temblando, y tiene fiebre —dijo al ver a Dahud—. Me alegro de ver que estás bien.

Al oír a Sirio, Keir trató de incorporarse, pero una intensa sensación de vértigo le obligó a recostarse nuevamente sobre los cojines.

—¿Estáis bien? —preguntó con voz ronca—. No parecéis herida.

—No estoy herida —le aseguró la princesa—. ¿Por qué saltasteis sobre el príncipe? Podrían haberos matado.

—Porque la espada que le entregó ese gigante amigo vuestro para que luchase con vos estaba envenenada.

Sirio y Dahud se miraron.

—Está bien, tenías razón —dijo el anciano—. Él lo adivinó. ¡No sé cómo, pero lo hizo! ¿Y el otro?

—¿Te refieres al príncipe?

—Sí... ¿Lo adivinó él también?

Dahud meneó con tristeza la cabeza.

—No, no lo hizo —repuso en tono cansado—. Descubrió que yo era la princesa, pero no lo de la espada envenenada. Eso significa que no tiene los poderes de verdad que los reyes de If se transmiten de generación en generación.

—¡Entonces, era cierto!

Sirio meneó la cabeza, contrariado.

—Sin embargo, ha superado las tres pruebas que le habíamos preparado —continuó Dahud—. Es un hombre inteligente y valeroso; sabe dominar sus pasiones y controlar su mente. Tiene las cualidades necesarias para ser un buen rey.

—Pero no tiene el poder de la verdad. ¡No es el legítimo rey de If! —estalló Sirio—. En cambio, Keir sí.

El joven, que escuchaba asombrado aquel extraño diálogo, hizo un nuevo intento por incorporarse, y esta vez lo consiguió. A pesar del mareo que sentía, logró fijar por un momento su mirada en Dahud.

–¿Qué está diciendo Sirio? ¿A qué poder se refiere?

Dahud se sentó a sus pies en el diván.

–Keir, vos tenéis el poder de la verdad; el poder de los reyes de If. Fue vuestro relato el que me puso sobre la pista.

–¿Qué relato?

–El de vuestro sueño; ese en el que os veíais a vos mismo a bordo de un barco, arrojando una espada al mar... Vos no sabíais nada de las costumbres de If cuando os sacamos de la torre. Sin embargo, vuestro sueño reproduce punto por punto el ceremonial que el rey de If realiza cada año para renovar su alianza con el mundo mágico. Un ceremonial que solo él puede realizar, porque, si cualquier otro lo intentase, perecería ahogado.

–No entiendo nada –dijo Keir llevándose las manos a las sienes, que le dolían intensamente–. ¿Qué diablos significa todo eso?

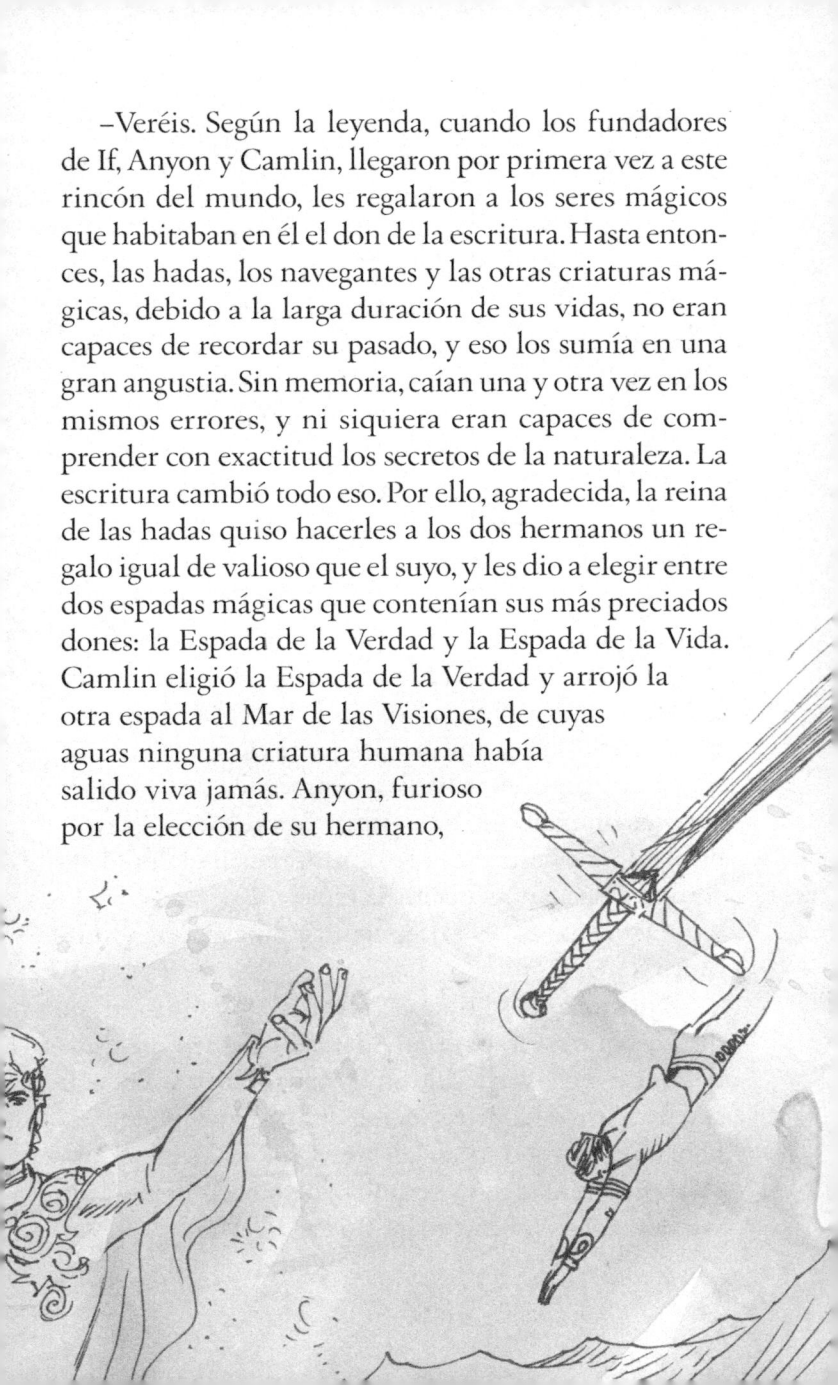

–Veréis. Según la leyenda, cuando los fundadores de If, Anyon y Camlin, llegaron por primera vez a este rincón del mundo, les regalaron a los seres mágicos que habitaban en él el don de la escritura. Hasta entonces, las hadas, los navegantes y las otras criaturas mágicas, debido a la larga duración de sus vidas, no eran capaces de recordar su pasado, y eso los sumía en una gran angustia. Sin memoria, caían una y otra vez en los mismos errores, y ni siquiera eran capaces de comprender con exactitud los secretos de la naturaleza. La escritura cambió todo eso. Por ello, agradecida, la reina de las hadas quiso hacerles a los dos hermanos un regalo igual de valioso que el suyo, y les dio a elegir entre dos espadas mágicas que contenían sus más preciados dones: la Espada de la Verdad y la Espada de la Vida. Camlin eligió la Espada de la Verdad y arrojó la otra espada al Mar de las Visiones, de cuyas aguas ninguna criatura humana había salido viva jamás. Anyon, furioso por la elección de su hermano, le arrebató la Espada de la Verdad y la arrojó al mar. Luego, él mismo se lanzó a aquellas peligrosas aguas en busca de la otra espada, capaz de concederle a su poseedor la vida eterna. Anyon estaba seguro de que Camlin no se arriesgaría tanto como él para recuperar la espada que había elegido, porque Camlin nunca había sido tan valiente como Anyon. Sin embargo, en esta ocasión Camlin, lleno de angustia por su hermano, logró vencer sus temores y se arrojó tras él para salvarle. Permaneció largo tiempo sumergido, pero no encontró ni rastro del joven. Lo que sí recuperó, en cambio, fue la Espada de la Verdad, gracias a la cual pudo discernir durante toda su vida la verdad de la mentira, transmitiendo ese preciado don a sus descendientes. En memoria de aquel hecho, los reyes de If celebran cada año el ritual de las Bodas del Mar. Su sumo sacerdote arroja al Mar de las Visiones la Espada de la Verdad, la misma que perteneció a Camlin. Y el rey de If se lanza en su busca y consigue devolverla a la superficie. Si cualquier otro ser humano intentase hacer lo mismo, fracasaría, pues solo los herederos de Camlin tienen el don de la verdad y pueden recuperar la espada.

–O sea, que eso es lo que significa mi sueño… –murmuró Keir, asombrado.

–No creo que se trate de un sueño. Vos mismo me dijisteis que no lo parecía. Además, también me dijisteis que os veíais reflejado en las aguas mágicas del mar con la apariencia del príncipe de If, al que ni siquiera habíais visto antes del día de hoy. Eso me dio una idea… ¿Y si, en realidad, no se trataba de un sueño, sino de la verdadera ceremonia de las Bodas del Mar? ¿Y si vos,

Keir, fueseis en realidad el verdadero depositario del don de la verdad y, por ello, el legítimo heredero del trono de If?

—¿Qué estáis diciendo? —balbuceó Keir—. Eso no tiene ningún sentido. ¡Pero si yo he vivido toda mi vida en esa torre! ¿Cómo voy a ser el heredero de If?

—Pensadlo bien. Imaginad por un momento que vos fueseis el verdadero heredero de If, el único ser humano que puede recuperar la espada mágica durante el ritual de las Bodas del Mar. El príncipe Arland no sería más que un impostor. Podría ejercer sus funciones de soberano de If todos los días del año, excepto el día del ritual de las Bodas del Mar. Ese ritual no podría realizarlo, al no poseer el don de la verdad. Solo el auténtico poseedor de ese don puede arrojarse al Mar de las Visiones y recuperar la espada. Así que lo que hacen con vos, en lugar de mataros, es encerraros en una torre y ocultaros vuestra verdadera identidad. Una vez al año, os obligan a participar en la ceremonia que el impostor no puede realizar y a recuperar la espada mágica bajo la apariencia de Arland. Luego, os dan un bebedizo para haceros creer que todo ha sido un sueño... y os devuelven a vuestra prisión. Es perfecto, ¿no os parece?

Keir la miró con horror.

—Pero ese joven príncipe no parece tan perverso como para llevar a cabo una maldad semejante —murmuró—. Es una buena persona, estoy convencido de ello.

—Si así lo creéis, debe de ser cierto, ya que vos poseéis el don de la verdad —repuso Dahud mirándole con atención—. Tal vez él sea solo una víctima más de este extraño juego; quizá no sepa nada. Pensad que esta pantomima se viene repitiendo desde que erais niños. Eso significa que no pudo planearla él.

–Pero, entonces, ¿quién? –preguntó Sirio, pensativo.

–Tal vez el difunto rey... Y también ese tal Astil, por supuesto. Él tiene que conocer el secreto, es él quien oficia el ritual de las Bodas del Mar y le dice al príncipe lo que tiene que hacer. Si alguien puede aclararnos los motivos de una maquinación tan horrenda, es ese hombre.

–No puedo creerlo –murmuró Keir meneando la cabeza con los ojos cerrados–. Yo, rey de If... Rey de un país cuya existencia ignoraba hasta hace poco...

–A mí también me costaba creerlo –repuso Dahud–. Por eso, en el último momento, se me ocurrió cambiar la tercera prueba que le teníamos preparada al príncipe y envenenar la espada con la que él iba a luchar. Sirio y Atlas no querían hacerlo, les parecía demasiado arriesgado. Pero era el único modo de saber si el príncipe tenía el don de la verdad. Hasta hoy, yo había dado por supuesto que lo tenía; las tres pruebas estaban diseñadas para comprobar si poseía las dotes necesarias para ser un buen gobernante, no para saber si era el verdadero sucesor de Camlin. Sin embargo, después de oír vuestro relato, me entraron las dudas. Pensé que si Arland adivinaba que había veneno en la espada, lograría disipar mis temores. Pero no fue él quien lo adivinó... Fuisteis vos.

–¿Y no había otro modo menos peligroso de comprobar vuestra teoría? –preguntó Keir con el ceño fruncido–. Habéis corrido un riesgo innecesario.

–No había ningún peligro; Sirio tenía preparado un antídoto, por si resultaba herida. Al menos, he conseguido demostrar que yo estaba en lo cierto. Sois vos quien posee el don de la verdad, no el príncipe Arland.

–Os lo habéis demostrado a vos misma, sí –observó Sirio con gravedad–. Pero no ante los demás. El príncipe ha salido reforzado, después de superar con éxito, en apariencia, las tres pruebas que le teníais preparadas. Si ahora os negáis a casaros con él...

–No voy a negarme –le interrumpió Dahud sombríamente–. Voy a casarme con él.

Aunque todavía se sentía muy débil, Keir se puso en pie de un salto.

–¿Vais a casaros con él? –preguntó con incredulidad–. ¿A pesar de lo que habéis averiguado?

Dahud se encogió de hombros.

–Sirio tiene razón –dijo con tristeza–. Estamos en If, todo el mundo adora a Arland. Si contase la historia de la espada envenenada, nadie me creería. Es posible que el príncipe me perdonase y me dejase partir, si realmente él no sabe nada de todo este engaño. Pero sus súbditos no serían tan clementes. Me retendrían por la fuerza, y tal vez forzasen al príncipe a declararle la guerra al reino de Kildar. No tengo más remedio que cumplir la promesa de mi padre.

–¿Cuándo? –preguntó Keir en un susurro.

–Dentro de tres días, durante la ceremonia de las Bodas del Mar.

Los dos hombres la miraron con extrañeza.

–¿Por qué ese día? –preguntó Sirio–. ¿Ha sido idea vuestra?

Dahud asintió con la cabeza.

—Pensé que así tendría una última oportunidad de desenmascarar al príncipe ante toda la corte. Si, como creemos, cada año es Keir, y no Arland, quien se arroja a las aguas del Mar de las Visiones para recuperar la Espada de la Verdad, este año la ceremonia no podrá celebrarse. Cuando vayan a buscar a Keir a su prisión para el ritual, descubrirán que ya no está en la torre. ¿Qué hará entonces ese tal Astil? No puede obligar a Arland a arrojarse al agua, pues moriría de inmediato. Pero, si no lo hace, quedará demostrado que es un impostor.

—No es mala idea. Quizá funcione... —dijo Sirio pensativo—. Arland no puede arrojarse al mar, eso es seguro. Si lo hace, será su fin.

—¿Por qué es tan peligroso el Mar de las Visiones para los humanos?

—Bueno, sobre eso existen diferentes versiones —explicó Dahud—. Hay quien dice que cualquier criatura, ya sea humana o mágica, perece al contacto con esas aguas, y que solo la reina de las hadas, que vive en lo más profundo del Mar de las Visiones, y los descendientes de Camlin pueden soportar su contacto. Otros afirman que los seres humanos sí soportan el contacto con el agua del mar, pero mueren en él debido a las engañosas visiones que les provocan sus aguas encantadas. Y según la tercera versión, es el fantasma de Anyon, atrapado para siempre en esas aguas, quien ataca a los hombres y mujeres que se sumergen en ellas, con la esperanza de introducirse en sus cuerpos y volver de esa forma, al menos temporalmente, a la vida.

–De todos modos, no creo que debamos preocuparnos por Arland. Si nuestras suposiciones son ciertas, Astil no le dejará lanzarse a por la Espada de la Verdad.

–Quizá tengáis razón, pero ¿creéis que eso será suficiente para que el pueblo de If acepte que Arland es un impostor? Astil se inventará alguna excusa creíble para

MIRADA DE KEIR

explicar la situación, y no habremos conseguido nada –razonó Keir–. Todo seguirá como hasta ahora, y Dahud no tendrá más remedio que casarse con el príncipe.

–Es probable que suceda como decís –repuso la aludida tristemente–. Pero ¿qué otra cosa podemos hacer? No se me ocurre nada.

–Si todo lo que decís es cierto, la clave de esta historia la tiene ese tal Astil. Él es el único que nos puede ayudar. Tenemos que lograr que lo haga, tanto si quiere como si no.

–¿Y cómo pensáis conseguirlo? –preguntó Sirio burlonamente–. ¿Obligándole por la fuerza? Es un gran mago, no conseguiremos asustarle. ¿O estáis pensando en convencerle por las buenas?

–Ni lo uno ni lo otro –repuso Keir resueltamente–. Habría que conseguir que nos revelase la verdad sin que él mismo se diese cuenta... Es muy difícil, lo sé –añadió con amargura.

–Perdéis el tiempo; Astil no se encuentra en palacio –intervino Dahud–. No regresará hasta mañana al amanecer, y a mediodía se embarcará con el príncipe y conmigo en el barco ritual donde se ha de oficiar la ceremonia de las Bodas del Mar.

Keir la miró entonces con los ojos brillantes.

–¿No regresará hasta mañana? Tanto mejor. Eso nos dará la oportunidad de registrar sus aposentos. Quizá en ellos encontremos alguna de las pruebas que estamos buscando.

–Será peligroso... Pero tenéis razón, al menos debemos intentarlo –decidió la princesa–. Vayamos ahora mismo, si queréis.

Pero Keir hizo un gesto negativo con la cabeza.

–No, princesa –dijo–. Vos no podéis acompañarnos. Ahora que sois la prometida oficial del príncipe, todo el mundo estará pendiente de vos. Os traerán la cena, querrán saber cómo os encontráis, quizá el propio Arland intente haceros una visita... No podéis abandonar vuestras habitaciones, sería demasiado arriesgado.

–Pero le dije al príncipe que quería descansar, y le pedí que nadie me molestara...

–No, Dahud –dijo Sirio–. Keir tiene razón. Iremos nosotros dos. Espéranos aquí, y ten paciencia. Si todo sale bien, estaremos de vuelta en unas horas.

–Y, si algo sale mal y no volvemos a vernos antes de mañana, embarcad junto al príncipe –murmuró Keir–. Por encima de todo, no preguntéis a nadie por nosotros ni tratéis de averiguar cuál ha sido nuestra suerte... –al ver que Dahud se disponía a protestar, alzó una mano con gesto imperioso y añadió en tono solemne–: Como legítimo rey de esta tierra, os lo ordeno. Y como humilde servidor vuestro, como un simple hombre que os ama más que a su propia vida, os lo ruego de todo corazón.

9

Las habitaciones del mago Astil se encontraban en la torre más alta del Palacio Real de Aquila, que tenía forma de octógono. Al amparo de la noche, Keir y Sirio lograron llegar hasta la torre cruzando un amplio patio desierto sin que nadie los viera. Pero la puerta estaba cerrada con un grueso candado, y su superficie de hierro macizo parecía imposible de atravesar.

—Qué mala suerte —murmuró Keir, desalentado—. No sé por qué, supuse que esto iba a ser más fácil.

Sin responderle, Sirio extrajo de uno de sus bolsillos un extraño instrumento dorado provisto de un fino gancho en uno de sus extremos y de una especie de llave en el otro. Con mucho cuidado, introdujo el extremo ganchudo en la cerradura del candado y lo giró con extremada lentitud. Se oyó un chasquido en el interior de la cerradura, y un segundo después el candado se abría, dejando resbalar la cadena que mantenía atrancada la puerta de hierro.

—¿Más fácil que esto? —dijo el anciano ahogando una risilla—. Eso es imposible.

A continuación, sacó de su bolsillo otro instrumento, no menos llamativo que el primero, que llevaba incorporado un juego de cuñas doradas. Probó una de las cuñas en la ranura de la puerta y, haciendo palanca con ella, consiguió que la plancha de hierro se deslizase sobre sus oxidados goznes con un largo chirrido. Luego se coló como una sombra en el interior de la torre. Cuando Keir, imitándole, traspasó el umbral de la puerta, se lo encontró al otro lado ocupado en encender un farol.

–¿Cómo habéis hecho eso? –preguntó el muchacho, impresionado–. Ha sido increíble.

–No he sido preceptor de la princesa Dahud durante toda mi vida –repuso Sirio guiñándole un ojo en la penumbra vacilante del farol–. Antes de que ella naciera, me dedicaba al noble oficio de ladrón...

–¿De ladrón? ¿Y a eso lo llamáis un oficio noble?

Sirio se encogió de hombros.

–Bueno, quizá no fuera muy noble –admitió–, pero sí era muy lucrativo. Además, me gustaba, y me dejaba mucho tiempo libre para leer y estudiar, que ha sido siempre mi verdadera vocación.

–Si os iba tan bien, ¿por qué decidisteis cambiar de oficio? –preguntó Keir sonriendo.

–Con los éxitos me fui volviendo cada vez más osado –repuso Sirio en tono nostálgico–. Supongo que se me subió a la cabeza. El caso es que terminé atreviéndome a entrar en la alcoba del rey de Kildar para robarle la corona; con tan mala suerte que el rey me cogió.

–¿Y no os condenaron?

–¡Qué va! El rey empezó a interrogarme, y se quedó muy impresionado con mis extensos conocimientos. Dijo que en toda su corte no había ni una sola persona que pudiera compararse conmigo en erudición... Cuando le expliqué que me dedicaba a robar para tener tiempo libre y poder seguir leyendo, me regañó mucho. Me dijo que un hombre como yo podía encontrar algo mejor en que emplear sus facultades, y me ofreció un puesto de consejero a su servicio.

–¿En serio? ¿Se fio de vos? –se extrañó Keir–. ¡Vaya, fue muy arriesgado por su parte!

Sirio lo miró ofendido.

–¿Por qué decís eso? Desde que acepté aquel empleo, he sido el más leal servidor de la corona de Kildar. Vos mismo lo habéis comprobado. El rey me hizo comprender lo inmoral que era mi anterior trabajo, y me convenció para siempre de que debía ser honrado. Pero vamos, estamos perdiendo el tiempo. Las habitaciones de Astil deben de encontrarse al final de estas escaleras.

En efecto, detrás de la puerta comenzaba una larga escalera de caracol cuyos blancos peldaños brillaban a la luz de la luna, que se filtraba por una estrecha rendija abierta en el muro de piedra.

Los dos hombres subieron la escalera en silencio. Era muy larga. Estaba claro que conducía directamente a lo más alto de la torre, y que no había ninguna habitación en los pisos intermedios.

Cuando llegaron al último peldaño, se encontraron con una puerta abierta, muy parecida a la que Sirio acababa de forzar.

Al otro lado de la puerta había una gran estancia octogonal sin ventanas, pero con un techo de vidrio a través del cual se podía contemplar las estrellas. La habitación estaba atestada de muebles y objetos de lo más variopinto: había largos mostradores repletos de matraces y retortas, una mesa de escritorio, una cama, varias estanterías llenas de libros, un alambique, algunas sillas bastante desvencijadas e incluso una esfera del mundo. A la luz del farol, Sirio y Keir se miraron preocupados: iban a necesitar varios días para registrar todo aquello.

–Keir, vos teníais una gran biblioteca en vuestra torre. Inspeccionad los libros, ¿queréis? Mirad a ver si encontráis anotaciones, frases subrayadas... Cualquier cosa que os llame la atención. Yo voy a curiosear en ese escritorio; quizá tenga algún cajón secreto lleno de correspondencia, o de documentos... Voy a ver.

Los dos hombres se dedicaron en silencio a su tarea durante más de una hora. Sirio encontró un par de cajones ocultos tras el panel del escritorio, pero ambos estaban vacíos. Desalentado, el viejo preceptor se puso a inspeccionar el contenido de los diversos frascos que se alineaban sobre uno de los mostradores pegados a la pared. Mientras tanto,

Keir extraía de las estanterías un volumen tras otro y los hojeaba con atención. Encontró algunos pasajes subrayados, y un par notas al margen en un libro sobre los seres mágicos de If, pero nada de aquello le pareció especialmente interesante. Luego examinó un tomo ilustrado que recopilaba los principales acontecimientos de la historia de If... Aunque su contenido era apasionante, no parecía tener ninguna relación directa con el asunto que los preocupaba. Le resultó curioso, no obstante, que los únicos párrafos subrayados del libro fuesen los que hacían alusión a Anyon, el hermano rebelde del fundador de la dinastía de If.

Se disponía a abrir un pequeño volumen titulado *La reina de las hadas*, cuando una exclamación de su acompañante le hizo volver la cabeza.

–¿Qué ocurre? –preguntó.

Sirio estaba arrodillado junto a la cama y sostenía un pesado objeto entre las manos.

–Estaba en un escondrijo oculto debajo del colchón –dijo–. ¿Veis como haber sido ladrón tiene sus ventajas? Una persona corriente nunca habría mirado ahí; pero yo estoy harto de encontrar dinero y joyas debajo de los colchones.

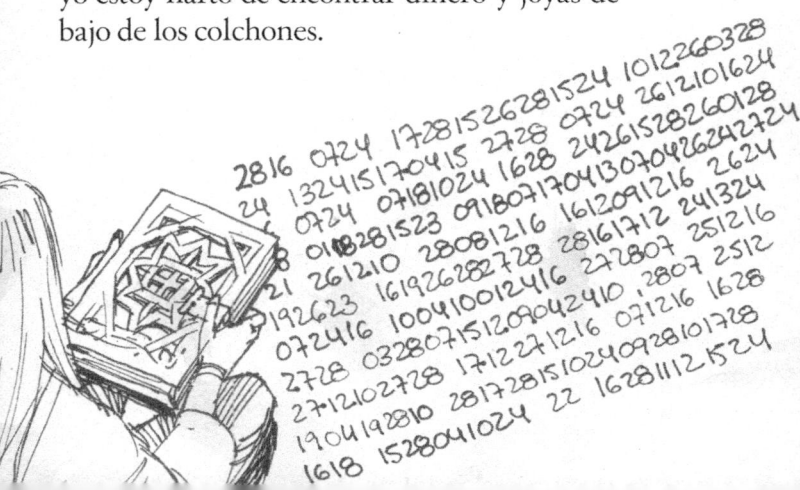

–¿Qué es eso? –preguntó Keir aproximándose–. Parece otro libro.

El objeto que sostenía Sirio tenía, efectivamente, el aspecto de un viejo libro encuadernado en cuero dorado.

–Es un diario –repuso Sirio abriéndolo–. Sí, un diario, estoy seguro.

Keir asomó la cabeza por encima de su hombro y observó a la débil luz del farol la apretada escritura que cubría aquellas páginas.

–¿Qué dice ahí? No entiendo nada –gruñó, frustrado–. Son todo números.

–Así es –confirmó Sirio extrayendo unas gafas redondas de un bolsillo de su túnica y ajustándoselas sobre la nariz para leer mejor–. Son todo números... Es una escritura cifrada.

–¿Cifrada? ¿Está escrita en algún lenguaje mágico?

Sirio meneó negativamente la cabeza, sin alzar la vista del libro.

–No, no se trata de ningún lenguaje mágico –murmuró–. Eso es, precisamente, lo más curioso. Quienquiera que haya escrito esto, ha empleado una clave matemática. Creo que, con un poco de esfuerzo, la podré desentrañar.

Keir se sentó en el borde de la cama, pensativo.

–Qué raro que un gran mago como Astil no haya empleado la magia para cifrar sus secretos, ¿no os parece? –murmuró.

–Al contrario; me parece perfectamente natural... ¿A quién creéis vos que podría temer Astil?

–No lo sé; si es tan poderoso como decís, a nadie, que yo sepa.

—A ningún ser humano, querréis decir. Pero están los otros... Las criaturas del Mundo Mágico. Los únicos seres que pueden hacerle sombra. Por eso ha empleado una clave matemática: para defenderse de ellos.

—¿Por qué? —preguntó sorprendido Keir.

—Veréis. Por lo general, los seres mágicos poseen poderes ocultos de mayor o menor importancia; pero lo que ninguno de ellos tiene es la capacidad de comprender las matemáticas. Demasiado lógicas para ellos. La más sencilla ecuación puede sumirlos, según dicen, en una terrible confusión. Por eso, las claves matemáticas son las más adecuadas para evitar que los seres mágicos se apoderen de los secretos de los hombres.

Después de esta explicación, Sirio se enfrascó de nuevo en el examen de aquellas páginas cifradas. Keir lo observaba en silencio, pendiente de cada uno de sus cambios de expresión. Por fin, vio cómo su rostro se iluminaba con una sonrisa de triunfo.

—La he encontrado —anunció—. Es una clave muy sencilla... Consiste en asignarle a cada letra del alfabeto un número de dos cifras, empezando por la F, que sería el 01. La G sería el 02, y así sucesivamente. Cada palabra está traducida a un largo número, en el que cada par de cifras representa una letra. Con un poco de práctica, debe de resultar muy fácil leer todo esto... Veamos, dejadme que lo intente. Sobre todo, no me interrumpáis. Una vez que le coja el truco a la clave, creo que seré capaz de leer estas páginas de corrido.

Keir se quedó con las ganas de preguntarle a su compañero cómo se las había ingeniado para encontrar el secreto de la clave con tanta rapidez, pero lo vio tan concentrado en su tarea que prefirió no interrumpirle. Durante varios minutos, el anciano permaneció inmóvil, con la vista fija en el polvoriento cuaderno de tapas doradas. De repente alzó una mano, indicándole a Keir que se acercara.

–Las primeras anotaciones son de hace más de veinte años: pociones, hechizos, descubrimientos... No tienen demasiado interés.

Sin esperar la respuesta de Keir, Sirio comenzó a pasar febrilmente las páginas del cuaderno. Cada cierto tiempo se detenía y entrecerraba los ojos para descifrar una página, traduciendo los números a palabras. Luego, chasqueaba la lengua con impaciencia y continuaba buscando en las páginas siguientes.

De pronto, hubo algo que le llamó la atención.

–Esperad –murmuró–. Aquí la escritura se vuelve más agitada; algunos números casi ni se entienden. Y es una nota muy larga. Vamos a ver si puedo traducirla.

El anciano se colocó bien las gafas, acercó los ojos a la página y, después de un breve carraspeo, comenzó a leer en voz alta.

–«Arland, el hijo de mi señor, se encuentra gravemente enfermo desde hace quince días. Los médicos lo han intentado todo, pero sin resultado. Dicen que el niño va a morir. El rey está desolado. Después de la muerte de su esposa, juró no volver a casarse, y un rey de If no puede quebrantar sus juramentos. Si Arland muere, la sangre de Camlin desaparecerá para siempre de nuestro reino... y con ella, el don de la verdad. ¿Qué será entonces de este hermoso país? Es preciso curar a Arland, el rey me lo exige... ¡Ojalá supiera cómo hacerlo!»

Sirio interrumpió su lectura y alzó la vista hacia Keir, que lo miraba con ojos llameantes.

—Según eso, Arland sí es el verdadero heredero de la dinastía de If... —murmuró.

—Esperad; sigamos leyendo. Aquí hay una anotación posterior. «He consultado todos mis libros. He releído todos los tratados. Incluso me he atrevido a preguntar a algunas hadas, y al señor de los navegantes del norte. La conclusión es terrible: solo hay un modo de salvar a Arland. Pero es tan peligroso y abominable, que cualquier ser humano retrocedería espantado ante su sola mención. Se lo he explicado al rey, pero no atiende a razones. Quiere la salvación de Arland a cualquier precio. Arland es el futuro de If... No sé qué hacer. Quizá me decida a ayudarle.»

Sirio pasó rápidamente la página y encontró una nueva anotación.

—«Vamos a hacerlo» —leyó—. «El rey me lo exige, me lo suplica... Y yo no tengo corazón para negárselo. Le he explicado, eso sí, que el resultado de esta abominación puede no ser el que esperamos. Por si algo falla, le he convencido para que prometa a Arland con la princesa recién nacida del reino de Kildar. Es algo que, en todo caso, no puede sino beneficiar a If. Dentro de tres días realizaremos la invocación. Después... Quién sabe.»

Sirio se detuvo y permaneció en silencio durante un rato.

—¿No dice nada más? —preguntó Keir, incapaz de contener su impaciencia.

—No lo sé. Aquí ya no hay números, solo líneas, todas de la misma longitud y con una marca sobre ellas.

Las marcas no siempre están a la misma distancia de los extremos.

–¿Qué diablos significa todo eso? ¿Es otro código?

–En realidad, es el mismo –repuso Sirio sin despegar los ojos del cuaderno–. Solo que en clave geométrica. Ahora cada número, en lugar de estar representado directamente, se representa como una porción de un determinado segmento. Es decir, todos los números del código han sido transformados en decimales, en fragmentos de un segmento de longitud constante... Por lo demás, cada número sigue correspondiendo a la misma letra del alfabeto, de modo que la clave es la misma.

–¿Cómo podéis ser tan hábil con los códigos? –preguntó Keir, estupefacto.

–Me gustan las matemáticas. Y veo que a Astil también. Es listo. Sabe que una criatura del mundo mágico jamás podría interpretar un código matemático como este. Es la mejor forma de proteger un secreto en un lugar como If. Tened un poco de paciencia, Keir. Voy a ver si consigo seguir leyendo.

Una vez más, Sirio se concentró en la traducción de las páginas cifradas durante un rato que a su compañero le pareció interminable. Cuando alzó de nuevo sus ojos del diario, sus mejillas estaban amarillas como la cera.

–Esto es terrible, Keir –murmuró–. Terrible. No sé si debo...

–¿Leérmelo? ¡Claro que debéis! Si es cierto que poseo el don de la verdad, no tiene sentido que retroceda ante ella. ¿Qué dice el diario?

Sirio se pasó una mano por los ojos, acercó el farol al libro para ver mejor y repitió en voz alta lo que ya había leído para sí.

–«Aquí dejaré consignado el procedimiento que he utilizado para salvar la vida del príncipe, por si algo me ocurriera y no pudiera transmitirle el conocimiento de tan terribles hechos a mi sucesor. La única forma de salvar la vida de Arland consiste en invocar el fantasma de Anyon, el hermano del rey Camlin. Él poseyó durante breve tiempo la Espada de la Vida, y por eso tiene el poder de devolvérsela a quien está a punto de perderla. Dicen que ya lo ha hecho en otras ocasiones, aunque nadie sabe precisar cuándo ni cómo ocurrió. En todo caso, una cosa es segura: para obtener la ayuda de Anyon, hay que navegar de noche por el Mar de las Visiones y ofrecerle un cuerpo para que pueda encarnarse en él. Esperemos que, a cambio de tan valioso don, él acceda a ayudar al descendiente de su hermano. Aunque ¿quién puede confiar en la generosidad de un espíritu tan atormentado como el de Anyon?»

Keir sintió un escalofrío.

–¿Un cuerpo? –preguntó.

Sirio le hizo una seña para que se callase.

–«Le he explicado al rey que la mejor opción es ofrecerle a Anyon el cuerpo de un niño muy joven. De ese modo, la llama de su espíritu lo consumirá en pocos meses, y no tendremos que temer que nos atormente durante años con su maldad. El rey me ha ordenado que busque al niño adecuado. Y hoy lo he encontrado. Es un pequeño de cuatro años que se salvó milagrosamente de un naufragio en el Mar de las Visiones. Sus padres murieron en el naufragio. No tiene, pues, familia que pueda lamentar su suerte. Se me parte el alma al pensar lo que vamos a hacer con él, pero lo que está en juego no es tan solo el futuro del príncipe, sino de todo el reino. Su sacrificio supondrá la salvación de If.»

Al oír aquello, Keir tuvo que apoyarse en una mesa para mantener el equilibrio. Le temblaban las piernas.

—Yo sueño a menudo con un naufragio —dijo en un susurro—. El niño elegido para el sacrificio... ¡era yo! Anyon utilizó mi cuerpo para encarnarse.

Sirio lo miró con espanto.

—Seguid leyendo —le exigió Keir—. ¿Qué más dice?

Sirio recorrió largamente las columnas de segmentos idénticos antes de responder.

—«El rito se ha cumplido» —leyó, con la voz quebrada por la emoción—. «El niño fue entregado al espíritu de Anyon, y él volvió a la vida. Pero eso no le basta. Quiere más. Lo quiere todo. Se niega a curar al príncipe si no se le entrega a cambio la espada de Camlin y, con ella, el don de la verdad.» Aquí la narración se interrumpe durante un par de páginas. En ellas solo hay signos incomprensibles. Pero luego se reanuda... Es la última anotación del diario. «El rey Melor no ha escuchado mis súplicas. Ha entregado el don de la verdad al niño, es decir, al espíritu de Anyon. Arland mejora, y pronto estará completamente repuesto. Anyon ha exigido la vida del rey Melor a cambio de la de su hijo. El rey morirá pronto. Eso es terrible, pero no es lo peor. Lo peor es que el don de la verdad no le ha dado a Anyon lo que esperaba; no le ha revelado dónde se encuentra la otra espada, la Espada de la Vida. Está furioso; no logra controlar el don que ha recibido, el don que una vez le arrebató lo que más ansiaba en el mundo. Anyon lucha desesperadamente para dominarlo, y con ello hace sufrir de un modo terrible al niño en el que se ha encarnado. Ojalá existiese alguna forma de salvar a esa pobre criatura... Si esto se prolonga durante mucho tiempo, el pequeño morirá. Lo que ahora sé, y no sabía antes, es que ambos dones se excluyen mutuamente. Mientras el don de la verdad siga rigiendo los destinos de If, nadie en este reino podrá encontrar la Espada de la Vida. Solo destruyendo la Espada de la Verdad podría Anyon llegar a dominar la otra espada. Pero eso es algo que él no sabe, y que nunca sabrá, aunque para proteger ese secreto tenga que sacrificarlo todo: todo lo que tengo y todo lo que soy.» Esta es la última frase del diario –concluyó Sirio después de una pausa.

En el sepulcral silencio de la torre, se oyó de pronto un débil aplauso.

—Bravo, anciano —dijo una voz profunda que parecía provenir de un lugar indeterminado entre las sombras que rodeaban la puerta—. Habéis sido muy hábil. Una cosa es descifrar el código y otra llegar a interiorizarlo hasta el punto de poder leer los mensajes cifrados en él de corrido. No sabía que hubiese alguien capaz de tal proeza en el palacio de Aquila.

—¿Astil? —preguntó Sirio con un hilo de voz.

Una imponente figura emergió de la oscuridad. A la luz vacilante del farol, lo único que se distinguía con nitidez era su gran estatura, así como la anchura formidable de sus hombros, levemente encorvados. El resto del cuerpo apenas se adivinaba bajo los pliegues de un largo manto, cuya negra capucha ocultaba, asimismo, el rostro del desconocido.

—Repito que habéis sido muy hábil —dijo el hombre sin molestarse en contestar a la pregunta de Sirio—. Pocos hombres en el mundo habrían logrado lo que vos.

—Cuando escribisteis esas páginas cifradas, no creo que vuestra principal preocupación fueran los hombres —se atrevió a contestar Sirio.

El mago lanzó una sonora carcajada. Luego, bruscamente, dejó de reír.

—Qué importa ya, a estas alturas. De eso hace mucho tiempo... Demasiado tiempo —dijo con frialdad.

Keir, que hasta entonces había permanecido un poco alejado, avanzó un par de pasos en dirección al desconocido.

–¿Llevabais mucho tiempo ahí? –preguntó sin dar muestra alguna de temor.

Un fugaz destello le alcanzó desde el fondo de la capucha que ocultaba el rostro de Astil.

–El suficiente –repuso el mago–. He visto todo lo que tenía que ver... Me alegro de que hayáis venido a visitarme. Vais a serme muy útiles; muy útiles.

–No hemos venido a servirte, sino a buscar la verdad –afirmó Keir sin arredrarse–. Ese diario está incompleto. ¿Qué pasó con ese pobre niño al que utilizasteis tan despiadadamente para vuestros hechizos?

El mago soltó una risilla.

–Por lo que veo, se encuentra perfectamente –respondió sin dejar de reír.

Keir vaciló un instante antes de proseguir el interrogatorio.

–Soy yo, ¿verdad? –preguntó con voz apagada.

El mago no contestó.

–Introdujisteis el espíritu de ese tal Anyon en mi cuerpo, y luego le concedisteis el don de la verdad. Estabais seguro de que el niño moriría en poco tiempo... Pero no fue así. ¿Por qué?

De nuevo se produjo un largo silencio.

–Algo falló –repuso Astil finalmente–. Acabáis de leerlo en el diario.

–Sí, pero ¿qué fue lo que falló? –insistió Keir–. ¿Y por qué sigo vivo?

–Contra lo que yo esperaba, la lucha que Anyon y su don libraron dentro de vos concluyó con la derrota de Anyon. Él sobrevivió, pero fue expulsado de vuestro cuerpo. Y vos conservasteis el don de la verdad para siempre.

–¿Y los demás? Arland, el rey Melor...

–Melor murió a consecuencia del hechizo, sacrificando su vida para salvar la de su hijo. Arland se curó, pero perdió el don de la verdad... que había ido a parar a vos. Comprenderéis ahora por qué tuve que hacer lo que hice. Os encerré en una torre mágica de donde nunca habríais podido escapar por vuestros propios medios. Así me aseguraba de que, una vez al año, pudieseis renovar el rito que asegura la paz y la prosperidad del reino. Era la única solución. Arland, como descendiente de Camlin, podría sumergirse en el Mar de las Visiones sin poner en peligro su vida; pero, al perder el don de la verdad, perdió también la capacidad de recuperar la espada durante el ritual.

–¿Y Arland lo sabe? –preguntó Sirio.

–Desde luego que no –contestó Astil con cierto desprecio en su voz–. Todos los años, antes de la ceremonia de las Bodas del Mar, le hago beber una poción que lo mantiene dormido durante varios días. El pobre no se entera de nada. Pero es por su bien.

–Entonces, las cosas finalmente no resultaron tan mal como temíais –dijo Keir pensativo–. Melor murió, es cierto, y Arland perdió el poder de su dinastía, pero a pesar de todo, os las habéis arreglado para preservar durante todos estos años la prosperidad de If.

–Gracias a vos –observó Astil en tono irónico.

–Sí. Gracias a mí. Pero no teníais por qué encerrarme ni engañarme para obligarme a hacer lo que queríais. Si me lo hubieseis explicado...

–Erais solo un niño –dijo el mago sombríamente–. No lo habríais entendido. En todo caso, me aseguré de que recibieseis la educación de un príncipe, y no os ha faltado nada de lo que hayáis podido desear.

–Me ha faltado la libertad –le interrumpió Keir con sequedad–. ¿Os parece poco?

El mago alzó los hombros despectivamente.

–Bueno, felizmente hemos vuelto a encontrarnos –declaró con hastío–. Os llevaré a las costas de la isla de Seyr y, una vez más, cumpliréis con el ritual sagrado de las aguas. Luego, ya veremos.

–¿Y qué pasará si no deseo colaborar?

Astil rio nuevamente.

–Colaboraréis –le aseguró–. Conozco cientos de formas de obligaros; espero que no me forcéis a emplear las más crueles.

Keir iba a responderle en tono desafiante cuando Sirio se le adelantó con una pregunta que llevaba largo rato rondándole.

–Hay una cosa que no nos habéis dicho. ¿Qué ocurrió, finalmente, con el espíritu de Anyon?

Justo en el momento en el que acababa de formular su pregunta, una ráfaga de aire helado barrió la habitación, agitando las cortinas de la cama y las hojas del cuaderno dorado, que aún permanecía abierto.

–Anyon –replicó el mago en un susurro–. Anyon sufrió lo indecible. Pero, gracias a vosotros, pronto dejará de sufrir.

Con un brusco movimiento, se echó la capucha hacia atrás, dejando que la luna bañase de lleno su rostro y se reflejase en sus ojos de plata.

10

Dahud llevaba largo rato con la vista clavada en las olas verdes y doradas del Mar de las Visiones, que venían a quebrarse entre blandas espumas contra la proa de cristal del barco. Sabía que, según la tradición, aquel constante movimiento debería detenerse mágicamente en cuanto diese comienzo la ceremonia de las Bodas del Mar. Pero el príncipe Arland y su sumo sacerdote no habían aparecido todavía. En realidad, a pesar de que viajaban a bordo de la misma nave, la princesa no había visto al príncipe en ningún momento durante los tres días que habían transcurrido desde su partida del puerto de Aquila. Tampoco había visto a Astil. Las damas asignadas a su servicio le habían explicado que así debía ser: el novio y la novia no debían verse en los tres días anteriores a la ceremonia. Por lo demás, se habían esforzado cuanto habían podido por hacerle agradable la travesía, organizando constantes juegos y diversiones para ella y entregándole uno tras otro los incontables regalos que Arland le reservaba. Entre aquellos regalos había de todo: pendientes de ámbar, collares de rubíes, vestidos de brocado con bordados de perlas, bellos libros ilustrados por los mejores artistas del reino, vajillas de oro y vasos de finísimo cristal... Todo era muy bello, pero Dahud tenía que hacer un gran esfuerzo para mostrarse convenientemente agradecida. Ni siquiera podía concentrar su mente en las atenciones que aquellas damas le dispensaban. Su pensamiento estaba en otra parte: en Aquila, donde había dejado a Keir y a su fiel Sirio buscando alguna prueba que le permitiese romper su compromiso sin deshonrar con ello la memoria de su padre ni el nombre de su país.

Ahora, por fin, después de tres días de bailes y espectáculos, podía disfrutar de unos breves momentos de tranquilidad. Tras ayudarle a ponerse el traje de novia para los esponsales que estaban a punto de celebrarse, sus damas se habían retirado a probarse sus propios vestidos, dejándola sola en la cubierta. Aunque, en realidad, no estaba sola. Unas cuantas hadas que iban a asistir a la ceremonia se habían instalado ya en sus asientos sobre el puente de mando, y sus deslumbrantes tocas brillaban a la luz del sol. Más allá, en la popa, tres navegantes vestidos de negro riguroso conversaban cortésmente con algunos caballeros de la corte de Arland, pero, afortunadamente, ninguno de ellos parecía prestarle atención, al menos por el momento. Eso le daba un respiro... Una última oportunidad. Una ocasión de poner en orden sus ideas antes de la ceremonia que estaba a punto de comenzar.

Era casi imposible, a esas alturas, evitar su casamiento con Arland. Tenía que hacerse a la idea. Hasta el último momento, había esperado ver llegar una barca con sus dos compañeros a bordo, gritando que la ceremonia debía suspenderse. Pero lo que tanto deseaba no había ocurrido. Ni Keir ni Sirio habían dado señales de vida, lo que significaba que algo había salido mal. Si al menos hubiese podido averiguar qué era... Pero estaba atrapada a bordo de un barco mágico que navegaba por un mar lleno de peligros, y eso solo podía llevarla a una conclusión: no había escapatoria posible.

Conteniendo a duras penas las lágrimas, Dahud fijó su vista en las cambiantes aguas del Mar de las Visiones, que hacían brotar ante sus ojos los más variados espejismos. Tan pronto creía ver surgir una torre de plata sobre las aguas, como se estremecía al contemplar la cola de un gigantesco monstruo marino serpenteando junto al barco. Aquellas imágenes se sucedían con increíble rapidez, sumiendo la mente en una insoportable confusión. Hasta entonces, siempre había rehuido semejante espectáculo, consciente de que eran muchos los que habían enloquecido por su causa. Sin embargo, en ese momento, le reconfortaba poder distraerse de su dolor fijando su atención en aquellos engañosos reflejos. Al menos, eso le impedía pensar en Keir.

De pronto, asombrada, observó que las olas se iban debilitando hasta extinguirse completamente, dejando la superficie del mar tan lisa y refulgente como un espejo. Involuntariamente, volvió su rostro hacia el interior del barco. El príncipe acababa de hacer su aparición en cubierta. Venía acompañado de Astil, un hombre alto y fuerte, a pesar de su edad, con unos fríos ojos grises y una cuidada barba de aspecto venerable.

Astil saludó a la princesa con una leve inclinación de cabeza, pero se abstuvo de acompañar su gesto con palabras. Cada uno de los pasos del ritual que estaba a punto de comenzar estaba cuidadosamente fijado, y nada, ni siquiera la presencia de la futura reina de If a bordo del barco ceremonial, debía perturbar su ejecución.

Las damas y los caballeros de la corte también habían salido de sus camarotes y asistían a la ceremonia desde el interior de la cubierta. No se oía ni el vuelo de una mosca... Arland se acercó a su prometida y, sin sonreírle, la tomó de la mano. Sus ojos le parecieron a Dahud más profundos y hermosos que nunca. Observó cómo Astil se inclinaba sobre él para susurrarle algo al oído. El corazón empezó a latirle con violencia; había llegado el momento en el que el príncipe, aleccionado por su visir, se excusaría ante toda la corte por no poder realizar ese año el ritual que había de renovar la alianza de su dinastía con los poderes mágicos del reino.

Después de escuchar a Astil, el príncipe clavó sus ojos en el mar con una vaga sonrisa. Luego, con gesto solemne, extrajo de su vaina la herrumbrosa espada que llevaba al cinto y la depositó sobre el cojín de raso púrpura que sostenía Astil. La Espada de la Verdad... ¡Eso quería decir que el ritual había dado comienzo! Nadie iba a ofrecer ninguna excusa; Astil estaba a punto de arrojar la espada al mar, y el príncipe se lanzaría tras ella. Dahud se llevó una mano a los labios para sofocar un grito. Si el príncipe se arrojaba al mar, eso solo podía significar una cosa: que el príncipe no era el príncipe, sino Keir, obligado una vez más a adoptar su apariencia.

Aquella revelación cayó sobre la princesa como un rayo; su conmoción fue tal, que estuvo a punto de desplomarse en el suelo. Sin embargo, sin saber cómo, encontró fuerzas para mantenerse en pie, apoyándose disimuladamente en la barandilla de cristal de la proa. Tenía que hacer algo, pero ¿qué? No había tiempo. Astil estaba a punto de arrojar la espada al mar, y Keir se lanzaría tras ella. La ceremonia renovaría un año más el poder de la dinastía de If, y luego, cuando todo hubiese concluido, el mago se llevaría a Keir y lo encerraría en cualquier lugar inaccesible. No volvería a verlo nunca... Sintió deseos de gritarle al joven lo que estaba ocurriendo, de obligarle a reunir todas sus facultades para rebelarse contra el hechizo que pesaba sobre él. Sin embargo, sabía que con eso no conseguiría nada. Ella no era maga, no tenía poderes que pudieran contrarrestar el influjo de Astil sobre el pobre joven... ¿O sí los tenía?

Sabía que Keir la amaba; que, en circunstancias normales, no habría vacilado en arriesgar su vida por ella. Ahora se encontraba como sonámbulo, y no recordaba quién era ni podía reconocer a la mujer que quería. Pero tal vez, viendo a su amada en peligro, reaccionaría y volvería a ser él mismo.

Valía la pena intentarlo. Sin pensárselo dos veces, Dahud se encaramó a la barandilla de cristal y, conteniendo la respiración, se lanzó a las líquidas entrañas del mar.

Al rozar la superficie del agua, su blanco vestido de seda se hinchó como una campana, manteniéndola a flote. Mientras el falso príncipe contemplaba la escena aturdido, Astil tomó la Espada de la Verdad y la lanzó también al mar. Durante unos instantes, los ojos de Keir observaron indecisos la espada que caía y la frágil silueta de su amada. Luego, la seda empapada del vestido de Dahud la arrastró hacia el fondo de las aguas, justo en el mismo momento en el que la espada se hundía.

Algo entonces se despertó violentamente en el dormido cerebro de Keir. Olvidándose por completo del ritual de la espada, el joven se lanzó a las aguas mágicas detrás de su amada. Al sentir las frías espumas sobre su rostro, tomó aliento y, sumergiéndose con decisión, nadó enérgicamente hacia las profundidades, buscando con los ojos, por debajo de él, la sombra blanca del vestido de Dahud. Tenía que redoblar el impulso de sus brazos si quería alcanzarla. Forzando al máximo sus entumecidos músculos, fue aproximándose más y más a aquella forma blanca que oscilaba en las aguas verdes, hasta que por fin consiguió rodearla con sus brazos. Buscó de inmediato el rostro de Dahud: tenía los ojos cerrados y parecía inconsciente. Aferrándola por la cintura, trató de ascender con ella hacia la superficie, pero un rápido remolino los envolvió en su reflejo dorado, arrastrándolos hacia abajo. Keir sintió que se quedaba sin aire. Estrechó con más fuerza a Dahud y trató de vencer la succión del remolino y remontar la corriente, pero fue inútil. De pronto, vio caer en picado, justo por encima de él, la espada que Astil había arrojado a las aguas. Como por milagro, la espada descendió girando muy despacio en el remolino que arrastraba a los dos jóvenes y fue a encajarse directamente en la vaina de oro del cinturón de Keir.

Dahud abrió los ojos y miró a su salvador. De repente, ambos podían respirar bajo el agua.

–Vuelves a ser tú –musitó–. ¡Tenía tanto miedo de no volver a verte!

Keir la estrechó entre sus brazos, y ambos se dejaron arrastrar hacia el fondo en el remolino que seguía envolviéndolos. Descendieron y descendieron hasta casi perder la noción del tiempo. Hacía mucho que la luz del sol había dejado de llegarles desde la superficie, pero un resplandor plateado brillaba allá abajo, muy lejos aún de ellos, llenando las aguas de cambiantes reflejos.

Por fin, los dos jóvenes sintieron un blando contacto bajo sus pies. Miraron a su alrededor, mareados por el largo y vertiginoso descenso. Se encontraban en una especie de playa blanquísima, cubierta de anémonas y estrellas de mar. Por todas partes los rodeaban extraños edificios de cristal, la mayoría de ellos en ruinas. Rosáceos macizos de corales obstruían las puertas, y bancos de peces verdosos y plateados entraban y salían constantemente por las grietas de sus paredes.

–¿Qué lugar es este? –preguntó Dahud, maravillada–. Nunca había oído hablar de su existencia.

Keir tomó de la mano a Dahud y ambos caminaron juntos entre las espléndidas edificaciones transparentes, moviéndose con majestuosa lentitud en las densas aguas del mar. Era como estar dentro de un sueño. Al final de una calle, encontraron una especie de cueva también de cristal, con bellas estalactitas nacaradas colgando de su bóveda traslúcida. Un vivo tapiz de pólipos de color turquesa alfombraba las rocas del suelo. Dahud se estremeció al sentir los tentáculos de aquellas diminutas criaturas retrayéndose rápidamente al contacto de sus pies.

La cueva era mucho más grande y profunda de lo que en un principio habían supuesto. Sus paredes de cristal refulgían de un modo extraño en algunos lugares, y el agua barría las praderas de anémonas con un murmullo semejante al del viento. De pronto, creciendo a partir de aquel suave murmullo, llegó a sus oídos una melodiosa voz.

–Bienvenidos a mi casa, jóvenes humanos –murmuró–. Hacía mucho tiempo que os esperaba. Keir, al fin te has librado de ese horrible maleficio. Ella lo ha hecho. Sabía que ejercería un poder sobre ti mayor que el de ninguna poción.

Mientras hablaba, la voz fue encarnándose en una esbelta figura de mujer envuelta en una túnica que parecía tejida con hilos de agua. Sus largos cabellos verdes y plateados le arrancaron a Keir una exclamación de asombro.

—¡Sois vos! —murmuró—. La dama del sueño... ¿Cómo sabéis que la amo?

—¿A Dahud? Mi querido joven, ¡fui yo quien la envió en vuestra busca! Muchacha, te dije que haría realidad tu más secreto deseo... Y ya ves que he cumplido mi promesa.

—¿Vos sois... sois la anciana de las cumbres? —tartamudeó Dahud.

—Lo fui una vez para ayudaros —repuso la dama sonriendo—. Mi verdadero nombre es Erlina, y soy la reina de las hadas.

—¿Qué lugar es este en el que nos encontramos? —preguntó Keir mirando en torno suyo—. Parece irreal.

—Ya casi lo es. Las criaturas mágicas tienen mala memoria. La mayor parte de mis congéneres han olvidado su existencia. Y cuando algo se olvida, en cierto modo es como si nunca hubiera existido... Pero, mientras yo siga aquí, la memoria de la antigua If no se perderá del todo.

—¿La antigua If? —repitió Dahud—. No entiendo...

—Hace mucho tiempo, antes de que los hombres llegaran a este rincón del mundo, If era una ciudad poblada únicamente por criaturas mágicas. Una ciudad transparente que flotaba en el mar. Cuando Camlin y su hermano Anyon llegaron a ella, exhaustos de hambre y de fatiga, a bordo de un pequeño barco que hacía aguas por todas partes, los acogimos y les brindamos nuestra hospitalidad. Poco podíamos imaginar entonces que aquel gesto iba a cambiar para siempre nuestra existencia.

–¿Conocisteis a los dos hermanos? –preguntó Dahud con estupor–. Hace miles de años que ocurrió todo eso.

–Yo fui quien recibió de sus manos las tablas donde habían grabado el secreto de la escritura. Y, a cambio, forjé para ellos las dos espadas mágicas. Les pedí que encargasen a sus herreros una hoja de su mejor acero y otra de su más fina plata. Luego, volví a fundir las dos hojas y las mezclé con nuestros metales mágicos. Cuando les di a elegir entre las dos armas, no pensé que fuera a haber ningún desacuerdo. Entonces yo no comprendía a los hombres, creía que todos temían y deseaban lo mismo. Pero me equivoqué, y cometí un error fatal. Supongo que sabéis lo que ocurrió: los hombres no olvidan tan fácilmente como los inmortales. Camlin eligió la Espada de la Verdad y Anyon se la arrebató para recuperar la Espada de la Vida. Camlin se lanzó al mar para salvar la vida de su hermano, y su generosidad le devolvió la espada que había perdido. En cuanto a Anyon... Bueno, él sigue buscando, atrapado en su propia obsesión para siempre... hasta que alguien consiga liberarlo.

–¿Qué ocurrió con la antigua ciudad de If? –preguntó Keir–. ¿Los hombres la destruyeron?

–La destruyó el olvido. Cuando Camlin fundó su reino, regido a la vez por los principios de la magia y las leyes de la ciencia humana, las hadas abandonaron su ciudad transparente. Querían vivir en la nueva If, y aprender de los hombres los secretos de la naturaleza y de la memoria. Con el tiempo, fueron perdiendo algunos de sus viejos poderes y alejándose del mar en el que habían vivido. Únicamente yo permanecí aquí. He vivido sola en este lugar durante tantos años, que he perdido la cuenta.

–¿Por qué no os fuisteis con las otras hadas al reino de Camlin? –quiso saber Dahud.

–Alguien tenía que permanecer en el mar para renovar cada año la alianza entre los dos mundos a través del ritual de la espada. Y también estaba Anyon... Mi presencia lo ahuyenta. Sin mí, se habría adueñado por completo del Mar de las Visiones.

–¿No habría sido más fácil entregarle la Espada de la Vida, que lleva tanto tiempo buscando? –preguntó Keir–. Al fin y al cabo, vos forjasteis las dos espadas para los hombres.

La reina de las hadas negó lentamente con la cabeza.

–Por desgracia, eso es imposible. Los hombres son demasiado frágiles para soportar el peso de ambos dones. El único modo de recuperar la Espada de la Vida es destruir la Espada de la Verdad. Y, para ello, Anyon tendría que destruir al legítimo dueño de la espada; es decir, a ti, joven Keir... Aunque, por fortuna, eso es algo que Anyon ignora.

–Sí, eso mismo decía el diario del mago –repuso Keir pensativo.

–¿Qué quieres decir? –preguntó Erlina.

–El diario de Astil... Sirio y yo entramos en sus habitaciones para encontrar alguna pista sobre mi origen, y dimos con el diario. Estaba cifrado mediante una clave matemática, pero Sirio consiguió descifrarla. Gracias a eso, pudimos enterarnos de muchas cosas.

–¿Sirio descifró el libro y lo tradujo? –murmuró la reina de las hadas, alzándose ante Keir con imponente majestad.

El joven asintió en silencio, sorprendido. Erlina, con gesto de horror, se llevó ambas manos a la frente.

–Pero eso es una catástrofe... Hasta ahora, solo los hombres eran depositarios de ese secreto, que los magos de la corte se han trasmitido de generación en generación a través de los siglos. Cifrando sus escritos en un lenguaje matemático, Astil se aseguraba de que el espíritu de Anyon no pudiera comprenderlos jamás. Pero, ahora que han sido traducidos, Anyon averiguará por fin lo que tiene que hacer para apropiarse del don de la vida: destruir la Espada de la Verdad. ¡Destruirte a ti, Keir! Aunque para eso tenga que hundir en las sombras todo el reino de If.

–¿Por qué tiene que destruirme a mí? –preguntó Keir–. Yo ni siquiera soy el legítimo heredero de la espada.

Dahud se volvió hacia él con asombro.

–¿Qué quieres decir? –preguntó–. ¿No eres el verdadero príncipe de If?

Keir meneó tristemente la cabeza.

–Solo soy un huérfano al que Astil utilizó para convocar al espíritu de Anyon y pedirle ayuda, a fin de lograr la curación del príncipe Arland. Pero, cuando estaba dentro de mi cuerpo, Anyon le exigió al rey que le entregase la Espada de la Verdad y, con ella, su don. No sé cómo, el don de la verdad consiguió ahuyentar de mi interior al fantasma de Anyon, y de ese modo me convertí en el propietario temporal de la espada. Pero no llevo en mis venas la sangre de Camlin. Ni siquiera entiendo cómo he podido sobrevivir en estas aguas sin perecer ahogado. Según la tradición, solo los descendientes de Camlin pueden hacerlo.

–Bueno, eso es fácil de explicar –dijo Erlina sonriendo–. Al poseer el don de la verdad, los reflejos y espejismos del Mar de las Visiones no pueden hacerte ningún daño, aunque no corra por tus venas la sangre de Camlin.

–¿Y yo? –preguntó Dahud–. No poseo el don, ni tampoco pertenezco a la dinastía de If. ¿Por qué no he muerto al lanzarme al mar?

La reina de las hadas la miró con gravedad.

–Te equivocas, Dahud. Por tus venas sí corre la sangre de Camlin. ¿Recuerdas la leyenda de la hija de Camlin, Alma, que abandonó el reino a través de la Cordillera? Lo hizo porque amaba la libertad más que ninguna otra cosa en el mundo; y en If, el reino de las leyes perfectas, donde todo estaba fijado de antemano, la libertad no era posible. Ella creía que una criatura no puede ser virtuosa si no elige el bien por su propia voluntad. Y en If no se podía elegir el mal; la previsión de las leyes lo impedía de antemano. Por eso huyó. Yo la conocí. Vino a hablar conmigo antes de tomar su difícil decisión. Es sorprendente cómo te pareces a ella, Dahud.

–¿Me parezco a ella? Eso quiere decir que...

–¿Que desciendes de Alma? –dijo el hada terminando la frase que Dahud había dejado inconclusa–. Así es, en efecto. ¿Por qué crees, si no, que Melor se empeñó en casar a su hijo contigo? Sabía que los reyes de Kildar llevan también en sus venas la sangre de If. Ante el temor de que algo malo le sucediese al príncipe, Astil convenció a su padre de que debía prometerlo en matrimonio con una princesa del linaje de Alma. Así, vuestro hijo, el futuro rey de If, heredaría la sangre de Camlin intacta, y no debilitada por el maleficio de Anyon. De ese modo, la dinastía de If volvería a ser depositaria del don de la verdad.

–Pero yo no poseo el don de la verdad –objetó Dahud–. ¿Cómo podría transmitírselo a mis hijos? Los reyes de Kildar nunca han tenido ese don.

–Cuando Alma renunció a renovar anualmente su alianza con los poderes mágicos del mar, renunció con ello al don de la verdad. Pero Astil pensaba que, a pesar de ello, sus descendientes podrían recuperar con facilidad el don, siempre que reanudasen esa alianza mediante el rito anual de las Bodas del Mar. Y ahora veo que estaba en lo cierto.

–¿Qué queréis decir? –preguntaron Keir y Dahud al unísono.

–Cuando guie a Dahud hasta tu prisión, Keir, lo hice con la esperanza de que naciera entre vosotros el afecto necesario para cimentar una unión duradera. En otras palabras: quería que os enamoraseis. Dahud, tú llevas la sangre de Camlin en tus venas, pero hasta ahora no poseías el don de la verdad. Keir, tú en cambio no llevas la sangre de Camlin, pero sí posees el don, y eres el legítimo propietario de la espada... ¿Qué mejor forma de renovar la dinastía de If que a través de un hijo de ambos? El niño heredaría la sangre de Camlin de su madre y el don de la verdad de su padre, y, de ese modo, el reino estaría salvado.

–Pero ¿y Arland? –preguntó Dahud–. Es el heredero del trono, y yo iba a casarme con él.

–En realidad, te habrías casado con Keir mientras él, hechizado por Astil, adoptaba la apariencia de Arland. Mi plan era esperar a que el matrimonio se celebrase, justo después de la ceremonia de las Bodas del Mar, y luego, ante toda la corte, devolver a Keir su verdadero aspecto. Todos se habrían enterado entonces de las intrigas de Astil y del engaño del que han sido víctimas a lo largo de todos estos años. De inmediato, habrían aceptado a Keir como príncipe. Pero vuestro amor ha ido tan lejos que, en lugar de ayudarme a realizar mi proyecto, lo ha desbaratado. Y también lo ha vuelto innecesario... Dahud, al arriesgar tu vida por Keir, has repetido la hazaña inicial de tu antepasado Camlin, que le otorgó para siempre el don de la verdad. Por eso, ahora también posees ese don. No es necesario que te cases con Keir y que tengas un hijo con él, porque tú sola reúnes ya las dos condiciones necesarias para convertirte en la legítima reina de If.

–¿Y qué pasa con Keir? Él también arriesgó su vida por mí...

–Es cierto, y eso refuerza su don. Tanto, que creo que no lo perdería incluso aunque renunciase a renovar anualmente su alianza con la espada. Pero él no lleva la sangre de Camlin y, por lo tanto, es libre de hacer lo que le plazca.

Dahud clavó una larga mirada en Keir. Era una mirada llena de tristeza y de amor.

–Mi antepasada Alma arriesgó su vida para recuperar la libertad –murmuró–. Y aun así, después de tantos años, su sangre me impone un deber que yo jamás habría elegido... ¿No es extraño?

La reina de las hadas la contempló con sus ojos puros y frágiles como violetas.

–Alma se equivocaba en una cosa –dijo con melancolía–: los hombres nunca pierden su capacidad de elección, ni siquiera en If... Ni siquiera cuando están encerrados en una torre, como estuvo Keir durante tanto tiempo. El don natural de los hombres es la libertad, un don que nosotros, las criaturas mágicas, jamás podríamos soportar. Eso significa que, elijas lo que elijas, seguirás siendo libre, Dahud. Porque seguirás siendo humana, y eso es algo que nadie te puede arrebatar.

De repente, las paredes de cristal de la gruta se enturbiaron, como si una oleada de cálido vapor las hubiera empañado.

–Algo malo está sucediendo allá arriba –dijo Erlina, presa de una viva inquietud–. Debéis regresar a la superficie. El espíritu de Anyon siempre anda merodeando por el Palacio de Aquila, pues, hasta ahora, él siempre ha creído que solo estando cerca de Arland y de la Espada de la Verdad encontraría algún día la forma de liberarse. Probablemente os haya espiado mientras traducíais el diario de Astil, y eso significa que, a estas alturas, ya sabe lo que tiene que hacer para conseguir el don de la vida. Ahora mismo, estará buscando a Keir y su espada por todas partes. Ese monstruo es capaz de cualquier cosa con tal de conseguir su objetivo. Será mejor que vayáis a su encuentro, antes de que destruya todo el reino de If.

–Pero él no sabe que Dahud posee también el don –dijo Keir–. Eso nos da cierta ventaja.

–Lo sabrá en cuanto la vea. Lleva siglos persiguiendo a los que ostentan el don de la verdad, esperando la oportunidad de arrebatárselo. Sabe más acerca de ellos que ninguna otra criatura viva. Aunque no sé si puede afirmarse que Anyon esté vivo. Se encuentra atrapado en una misteriosa región entre la vida y la muerte, de donde nadie, hasta ahora, lo ha podido sacar.

Los brazos de Erlina comenzaron a volverse transparentes, y los hilos de agua de su vestido se fundieron poco a poco con el mar.

–Subid; no hay un momento que perder –murmuró con una voz extrañamente parecida al ruido de las olas–. El tiempo aquí abajo transcurre mucho más despacio que en la superficie... A estas alturas, todos deben daros ya por muertos. Los barcos se han ido, pero encontraréis un pequeño velero mágico esperándoos. Regresad a Aquila y, si aún es posible, evitad una catástrofe antes de que sea demasiado tarde. ¡Está en juego el destino de If!

11

En cuanto llegaron al puerto de Aquila, Keir y Dahud se dieron cuenta de que algo no andaba bien. El sol había desaparecido tras una espesa capa de nubes negras, pero, a pesar de ello, los mástiles de los veleros proyectaban sobre el empedrado del muelle sus largas sombras amenazadoras. ¿De dónde venía la luz espectral que daba vida a aquellas sombras, pálida y fría como el reflejo de un invisible espejo? Dahud apretó en silencio la mano de Keir, y ambos descendieron asustados del barco. En todo el muelle no había ni una sola persona, y tampoco se oían voces ni señal alguna de actividad en las calles cercanas al puerto. Sin embargo, al internarse en ellas, los dos jóvenes comprobaron aterrados que el suelo estaba lleno de siluetas congeladas: sombras con forma humana, pertenecientes a los hombres y mujeres que, poco antes, transitaban alegremente por la ciudad. ¿Dónde estaban ahora todas aquellas personas? ¿Qué extraño maleficio les había arrancado aquellas inmateriales siluetas? O quizá no se las hubiesen arrancado... Quizá lo que les habían arrebatado eran sus cuerpos, reduciendo a sus poseedores a aquel miserable residuo de existencia.

–¿Esto lo ha hecho Anyon? –preguntó Dahud en un susurro–. No puede ser...

Keir estrechó su cintura tratando de infundirle ánimos, a pesar de que él mismo se sentía más muerto que vivo. Mientras avanzaban por la gran avenida que conducía al Palacio Real, recordó con nostalgia el día de su llegada a Aquila, cuando tantas carrozas y caballos se agolpaban en la calzada, y los canales estaban llenos de pequeñas barcas adornadas con flores. Ahora, el agua de aquellos canales, oscura y cenagosa, despedía un hedor insoportable. Había algunas carrozas sobre el empedrado, pero los caballos que tiraban de ellas habían desaparecido, y solo quedaban sus tristes siluetas recortadas en el suelo. El agua de los surtidores se había detenido, y sus complicados chorros inmóviles parecían tallados en cristal. El tictac de los relojes mágicos también había cesado, y sus autómatas permanecían quietos sobre sus rieles dorados, sonriendo tontamente en las plazas oscurecidas por las nubes. El vidrio de las fachadas de los edificios aparecía empañado, igual que los cristales de la gruta mágica donde habían estado conversando con la reina de las hadas, en el fondo del mar.

La puerta principal del palacio estaba abierta de par en par. Un viento gélido barría el patio de armas, arrastrando algunas hojas muertas. La sombra de un caballo y del palafrenero que lo atendía se recortaban inmóviles sobre un muro amarillo. Cuando entraron en el ala oeste del palacio, el aullido del viento los siguió. Dentro de los corredores desiertos, su lúgubre silbido hacía resonar como campanas las armaduras vacías que adornaban la entrada de cada estancia.

–¿Adónde vamos? –preguntó Keir, indeciso.

–Lo primero es encontrar a Sirio. ¿Qué hizo Astil con él cuando os sorprendió a los dos en sus habitaciones?

–No lo sé. Todo lo que recuerdo es que estuvimos hablando con el mago, y luego me dormí. Cuando me desperté, tú acababas de saltar del barco. No puedo decirte nada más.

–Es posible que lo haya encerrado en alguna mazmorra –murmuró Dahud–. Deberíamos buscar unas escaleras para bajar a los sótanos.

–¿Crees que el espíritu de Anyon estará aquí? –preguntó Keir bajando la voz.

–Quizá. Todo parece como congelado, ¿no te das cuenta? Esto ha debido de hacerlo él.

–Y la gente... ¿qué habrá hecho con la gente?

De nuevo, Dahud se encogió de hombros.

–Es mejor no pensarlo... Un momento, ¿oyes eso?

Desde el fondo del corredor en el que acababan de entrar, llegaba el sonido de un apacible ronquido, amortiguado por la distancia.

–¿Quién puede estar durmiendo en un momento como este? –se preguntó Keir en voz alta.

Pero, antes de terminar de formular su pregunta, la expresiva mirada de Dahud ya le había dado la respuesta.

–¡Arland! –dijeron los dos al unísono.

Sin ponerse de acuerdo, ambos echaron a correr hacia la habitación de la que provenían los ronquidos. La puerta estaba cerrada, pero se abrió en cuanto Dahud presionó el picaporte. Al otro lado había un lujoso dormitorio; y sobre el lecho, tendido cuan largo era, se encontraba el príncipe de If profundamente dormido.

—Astil debió de drogarle para que no se enterase de nada mientras se celebraban las Bodas del Mar –dijo Dahud–. Debe de hacerlo todos los años.

—¿Crees que conseguiremos despertarlo? Ni siquiera se ha movido al oírnos entrar.

—Lo despertaremos –aseguró Dahud avanzando decidida hacia la cama–. Príncipe... ¡Príncipe! –gritó con todas sus fuerzas, acercando su rostro al del joven dormido.

Luego, sin ningún miramiento, comenzó a zarandearle de un lado para otro.

El príncipe gruñó y abrió los ojos por un momento. Luego, arrebujándose en la colcha de color púrpura que lo cubría, volvió a cerrarlos.

—Arland, ¡Arland! ¿Qué estáis haciendo? ¡Se supone que a estas horas deberíais estar celebrando vuestro casamiento conmigo! –le gritó Dahud.

Aquello hizo reaccionar al príncipe, que se incorporó de un salto. Sus ojos, turbios aún de somnolencia, se clavaron en el vestido blanco de Dahud, todo sucio de algas y limo.

–¿Qué os ha pasado? –preguntó tratando de ponerse en pie.

Un fuerte mareo le obligó a recostar de nuevo su cabeza sobre la almohada.

–Me encuentro mal... ¿Dónde están mis caballeros?

–Astil ha debido de daros a beber algún potente somnífero para que no os enteraseis de nada mientras toda la corte se iba a celebrar las Bodas del Mar, en las costas de la isla de Seyr.

Arland miró a su prometida como si hubiese perdido el juicio.

–Eso es absurdo –repuso con voz débil–. La ceremonia no puede celebrarse sin mí... Solo yo puedo lanzarme a las aguas y recuperar la Espada de la Verdad.

–¿Estáis seguro de eso? –preguntó entonces Keir aproximándose al lecho–. ¿Es así como ha sucedido en otras ocasiones?

Arland lo miró con evidente desagrado.

–¿Qué hace él aquí? –preguntó volviéndose hacia Dahud–. Es el hombre que intentó atacarme durante el duelo.

—Es el hombre gracias al cual estáis vivo —le explicó Dahud—. Cuando erais niño, Astil se sirvió de él para curaros de una grave dolencia. Pero el hechizo que empleó era muy peligroso, y os hizo perder el don de la verdad; ya sabéis, el don de la estirpe de Camlin... Ahora es él quien lo tiene. Y por eso es él quien renueva cada año la alianza de If con el Mundo Mágico a través del ritual de la espada, pues solo él es capaz de encontrar la Espada de la Verdad en el Mar de las Visiones.

Mientras escuchaba a la princesa, el príncipe no había dejado de mirar a Keir. Su rostro estaba blanco como el papel, y sus ojos no se apartaban de la espada que colgaba de su cinturón, envainada en una refulgente funda de oro.

—Esa es la espada, sí —dijo como si no pudiera dar crédito a sus propias palabras—. Y ese es el traje de la ceremonia... Pero es imposible. Toda la corte asiste al ritual, no puede haberse hecho pasar por mí delante de todos ellos...

—Astil lo sometió previamente a un hechizo, para darle vuestra apariencia —explicó Dahud—. Os ha estado utilizando a los dos durante años. Vos soñabais con la ceremonia y creíais que vuestro sueño era la realidad. Keir, en cambio, participaba realmente en el ritual, pero creía que se trataba de un sueño.

—¿Por qué... por qué Astil no me dijo nada? Yo... al menos tenía derecho a saberlo.

—Tal vez temía que, si averiguabais la verdad, abdicaseis —aventuró Keir—. Quién sabe... Tendréis que preguntárselo. Pero, para eso, antes habrá que encontrarlo. No sabemos dónde está.

La mirada de Arland iba alternativamente de Keir a Dahud.

—¿No sabéis dónde está? —preguntó—. Pero debía de estar con vosotros, durante el ritual...

—El ritual no pudo concluirse. Dahud y yo caímos juntos al agua. Cuando volvimos a la superficie, todos se habían ido.

—Entonces, ¿no llegasteis a casaros? —preguntó Arland con viveza—. Porque, después de las Bodas del Mar, deberían haberse celebrado las nuestras, princesa... Pero, claro, el novio, en realidad, no habría sido yo.

Se llevó las manos a las sienes, como si sintiese un punzante dolor.

—Todo esto es muy confuso —murmuró—. Hay muchas cosas que no entiendo.

—Ya habrá tiempo para explicaciones —dijo Keir—. Pero tendrá que ser más tarde. Ahora debemos encontrar a Astil. Algo terrible está ocurriendo.

Arland intentó una vez más ponerse en pie, esta vez con éxito.

—¿Es de noche? —preguntó mirando desorientado hacia la ventana—. Todo está muy oscuro.

—Una nube de oscuridad se cierne sobre Aquila —repuso en voz baja la princesa—. Las calles están desiertas, pero en el suelo y en las paredes se distinguen las sombras de los hombres y mujeres que hasta hace poco transitaban por ellas. Creemos que el responsable es el espíritu de Anyon. Astil lo invocó para curaros cuando erais niño, y él intentó adueñarse del don de la verdad. Pero, por una afortunada casualidad, el don no fue a parar a él, sino a Keir. Ahora está buscándole para matarle y destruir la espada mágica. Cree que, de esa forma, logrará por fin apoderarse de la Espada de la Vida, que su hermano Camlin despreció hace siglos.

Arland miró a Keir con estupor.

–No puede ser –musitó–. Si destruye la espada, será el fin del reino de If.

–Por eso tenemos que impedir que lo consiga –dijo Keir con firmeza–. Pero, para eso, tal vez deberíamos consultar a Astil. Él es el único que puede decirnos cómo vencer al fantasma de Anyon.

–¿Y Sirio? –preguntó tímidamente Dahud–. Habíamos dicho que, antes que nada, intentaríamos encontrarlo.

–Astil nos dirá dónde lo ha encerrado. Hay que encontrar al mago. Busquémoslo en sus habitaciones. Tal vez él sí haya conseguido librarse del hechizo de Anyon y regresar al castillo.

Keir comenzó a andar hacia la puerta, pero el príncipe lo detuvo asiéndolo por un brazo.

–Esperad –dijo–. ¿Estáis seguro de que Anyon sabe que sois vos, y no yo, el depositario del don de la verdad?

Keir asintió.

–Eso nos dijo Erlina, la reina de las hadas, cuando estuvimos sumergidos en el Mar de las Visiones. Según parece, Anyon lo ignoraba todo hasta que Sirio, el preceptor de Dahud, tradujo la clave matemática del diario de Astil. Ahora ya sabe la verdad.

–Entonces, él debe de creer que sois vos, y no yo, el portador de la espada que quiere destruir, ¿no? –insistió el príncipe.

Keir lo miró con expresión interrogante.

–Debe de imaginárselo, sí. ¿Por qué?

Sin responder, Arland corrió hacia el fondo de la alcoba y descolgó una pesada espada que decoraba la pared. En silencio, se la tendió a Keir.

–La empuñadura se parece –dijo siguiendo la mirada del joven–. Todas las espadas reales se forjan tomando como modelo la espada de Camlin. Llevadla vos, y dejad que sea yo quien custodie la espada auténtica. Quizá de ese modo logremos engañar al fantasma.

Keir miró a Dahud con aire dubitativo.

–Haz lo que te dice –le indicó ella–. Entrégale la espada.

Keir extrajo entonces la espada mágica de su vaina y se la entregó al príncipe, tomando en su lugar la vieja espada que este le tendía.

–Ahora, vayamos a la torre de Astil –murmuró–. ¡Esperemos que él nos pueda ayudar!

En los corredores, las sombras parecían haberse vuelto aún más negras y espesas que antes. El viento había cesado, pero hacía un frío insoportable. «El frío de la muerte», pensó Dahud estremeciéndose. Cada vez que se topaban con una silueta humana inmovilizada en el suelo o sobre la pared, le daba un vuelco el corazón.

Encontraron la puerta de la torre abierta de par en par. Keir entró el primero, pero inmediatamente se volvió hacia sus compañeros, que aún no habían traspasado el umbral, con cara de perplejidad.

–Es extraño –dijo–. La otra vez que estuve aquí, con Sirio, encontré una escalera que subía. Ahora, en cambio, la escalera desciende... ¡Arriba no hay nada!

Cuando Arland y Dahud entraron en la torre, observaron que, en efecto, esta parecía hallarse completamente hueca por dentro. Muy arriba, enmarcado entre los altísimos muros de piedra, se veía un rectángulo de cielo nocturno. Era un cielo sin luna ni estrellas... La poca luz que les llegaba venía de abajo; una luz débil, plateada y hostil, que se reflejaba en los peldaños de la escalera y en las paredes húmedas, haciendo destacar las sombras negras de los murciélagos que revoloteaban por todas partes.

–¿Qué ha pasado? –preguntó Arland, horrorizado–. He estado miles de veces en esta torre y, como dice Keir, las escaleras subían...

Pero Dahud ya había empezado a descender uno a uno los desiguales escalones, obligando a los dos jóvenes a seguirla.

Descendieron durante largo rato, hasta sentir un punzante dolor en las piernas. El fulgor plateado que alumbraba sus pasos iba aumentando a medida que se aproximaban al final de las escaleras. De pronto, frente a ellos, vieron el último peldaño y, tras él, un suelo de roca oscura y desgastada. Dahud se detuvo bruscamente, como petrificada.

–Está ahí –susurró–. Lo siento...

Entonces lo vieron. Era el mismo monstruo que habían creído destruir en la torre de Keir, antes de liberarlo. Dahud reconoció al instante sus escamas negras y doradas, iluminadas en algunas zonas por una especie de luz interior, así como la expresión cruel y adormilada de sus ojos metálicos. Esta vez, el monstruo se volvió instantáneamente hacia los recién llegados y se les quedó mirando con un destello de fuego en sus repugnantes alas. No parecía tener prisa por atacarlos.

–Es él –dijo de pronto Dahud–. Es Anyon... ¡Estoy segura!

Aunque en la húmeda cueva en la que se encontraban no había ninguna otra criatura humana, aparte de ellos, se oyó un débil aplauso cuyo eco reverberó largo rato en las rocas.

–Bravo, muchacha –dijo una voz que parecía brotar al mismo tiempo de todas las paredes de la cueva, deformada por su propia resonancia–. De modo que tú también tienes el don de la verdad... La sangre de Camlin es muy poderosa. ¡Pobre Arland! –añadió en tono burlón–. Es una pena que tú te hayas visto privado de sus beneficios por un lamentable accidente.

Lleno de rabia, Arland se plantó delante del monstruo, cuya boca no se había movido en todo el tiempo.

–Tal vez no haya heredado el don de Camlin, pero sí tengo su valor –le desafió–. Vamos, lucha conmigo... Tengo derecho a defender el reino que me legaron mis antepasados.

Una risa estentórea resonó en los muros rocosos de la gruta.

–Oh, Camlin no era particularmente valiente, ¿sabes? –dijo la voz del monstruo, mientras su boca permanecía inmóvil y sus ojos fijos en el príncipe–. Yo siempre tuve mucho más valor que él... Mucho más valor.

–Sin embargo, él arriesgó su vida por ti –le recordó suavemente Dahud–. Algo que tú no habrías hecho jamás.

–Cada uno se arriesga por aquello que cree que vale la pena –dijo la voz, ahora áspera y chirriante como una rueda mal engrasada–. ¿Crees que la vida eterna no vale la pena? Nunca entenderé lo que hizo mi hermano. Pero eso ya no importa.

El monstruo se deslizó como flotando hacia Keir y la princesa, ignorando deliberadamente a Arland. El príncipe, furioso, desenvainó la espada y descargó un mandoble sobre la cola de la horrible bestia. Pero la hoja de la espada rebotó como si hubiera chocado con un metal.

–Ya basta, chico. Me estás molestando.

Arland sintió un violento latigazo que le hizo salir despedido por los aires. Sus ojos se llenaron de destellos rojos... Luego, no vio nada más. Un instante antes de perder el conocimiento, recordó la sonrisa de su padre y la forma en que lo sentaba sobre sus rodillas cuando era niño.

12

Lo primero que percibió Arland al despertarse, antes incluso de abrir los ojos, fue un penetrante olor a moho. Luego se dio cuenta de que le dolía intensamente la cabeza. Apoyándose en uno de sus codos para incorporarse, se llevó maquinalmente la mano a la frente. Alguien le había puesto sobre ella un pañuelo empapado en agua.

–¿Dónde estoy? –preguntó mirando a su alrededor–. Aquí huele que apesta.

–¿Y eso te extraña? –dijo alguien cuya silueta se recortaba contra una estrecha rendija que hacía las veces de ventana–. No me digas que no reconoces el olor de tus propias mazmorras.

El desconocido avanzó unos pasos hacia él, y Arland reconoció la figura alta y venerable del servidor de Dahud.

–Te llamas Sirio, ¿verdad? –preguntó–. La princesa estaba muy preocupada por ti.

Un desagradable picor le hizo concentrar su atención en dos o tres briznas de paja que se le habían clavado en las finas medias. Las desprendió cuidadosamente, pero, aun así, la comezón no cesaba, sino que iba saltando de un lugar a otro de su cuerpo. El príncipe se puso rápidamente en pie y empezó a saltar para librarse de la molesta pulga que acababa de colarse entre sus ropas.

—Parece que ya ha salido. ¡Odio a esos bichos! —refunfuñó—. Esa paja húmeda debe de estar plagada de ellos.

Sirio sonrió filosóficamente.

—Bueno, puede que esa pulga nos salve la vida —contestó—. Llevaba horas intentando despertarte. Astil debió de darte un somnífero muy fuerte.

—¿Astil? —repitió el príncipe, recordándolo todo de pronto—. ¿Fue él quien me encerró aquí?

—Sí, igual que a mí —confirmó Sirio—. Solo que yo llevo aquí más tiempo... Demasiado tiempo.

—¿Qué ha pasado con los otros? ¿Viste al monstruo? Me golpeó...

—No, no he visto a ningún monstruo —repuso Sirio con extrañeza—. ¿De qué me hablas?

—Estaba en la torre de Astil. Es Anyon... El espíritu de Anyon. Quería destruir la espada mágica, y también a ellos... A Keir y a Dahud. Los dos poseen el don de la verdad... Qué ironía, ¿no? Ellos son los verdaderos herederos de Camlin, no yo. Anyon ni siquiera quiso luchar conmigo. Me dejó inconsciente de un latigazo y, luego, supongo que debió de ordenar que me encerrasen. ¡Mira! Ni siquiera juzgó necesario quitarme mi espada.

–Por aquí no ha aparecido ningún monstruo –repitió Sirio mirándole con curiosidad–. Fue Astil el que te trajo.

–Supongo que debe de haberse puesto a su servicio –repuso Arland con amargura–. ¡Y pensar que mi padre confiaba en él!

Olvidándose de las pulgas, volvió a sentarse sobre el húmedo jergón de paja y ocultó su rostro entre las manos.

Sirio se sentó a su lado.

–Es muy raro, ¿no te parece? –dijo pensativo–. Astil, que tanto se esforzó en proteger el reino, cifrando su diario para que Anyon no pudiese entenderlo. ¡Ahora, de repente, se somete a su voluntad!

–Quizá le haya obligado –murmuró el príncipe con aire ausente–. Quién sabe... En todo caso, ahora ya no importa. Tiene a Keir y a Dahud, los únicos que podían salvar a If. Seguramente ya los habrá matado. ¡Y yo no he podido impedírselo! –concluyó con un acento de profundo dolor.

–Quizá todavía estés a tiempo –dijo Sirio poniéndole una mano en el hombro.

Arland se volvió a mirarle con los ojos llenos de lágrimas.

–¿Qué te hace pensar eso? –preguntó–. Ni siquiera he sido capaz de defenderme a mí mismo. Además, ya es demasiado tarde.

–En eso te equivocas –le rebatió Sirio con voz serena–. Los dos viven todavía... Astil me lo dijo. Me pidió que fuera yo quien los matara. Él no quería ensuciarse con su sangre. Era como si tuviese miedo de contaminarse con ella. Cuando me negué, no pareció demasiado contrariado. Dijo que tal vez fuera mejor, que esta vez no quería cometer errores. Dijo que llevaba muchos años planeando este momento, y que no le importaría esperar unos cuantos días más, hasta que murieran de sed. Así, según él, no correría ningún riesgo. Le quitaría la espada al muchacho cuando todo hubiera terminado, y la destruiría. Añadió que entonces empezaría una nueva era... Que sería el nacimiento de una nueva If.

De repente, Arland miró al anciano con un extraño brillo en los ojos.

–¿Dijo que no quería cometer errores? Pues ya ha cometido uno –murmuró, acariciando significativamente la empuñadura de su espada.

Sirio siguió la dirección de aquella mirada y adivinó su significado.

–La espada mágica no la tiene Keir, ¿verdad? –preguntó en voz baja–. La tienes tú.

Arland sonrió amargamente.

–Nunca pensé que Astil me despreciara tanto –repuso–. Ni siquiera se le pasó por la cabeza hacerme correr la misma suerte que a los otros dos... ¡Como si por mis venas no corriese la sangre de Camlin!

–Astil mejor que nadie conoce el hechizo del que fuiste víctima –observó Sirio–. Por eso no busca en ti el don de la verdad. De todas formas, no debemos juzgarlo tan precipitadamente... Algo terrible debe de haberle sucedido para que se haya convertido de la noche a la mañana en el esclavo de Anyon.

–Tal vez no haya sido de la noche a la mañana...

–Sí, es cierto –admitió Sirio–. Después de todo, ha tenido encerrado a ese pobre muchacho en su torre mágica desde que era un niño... Todo esto debió de empezar hace mucho tiempo.

–Y ahora, por fin, está a punto de concluir.

Arland había pronunciado aquellas palabras casi con sarcasmo, pero Sirio le miró con gravedad.

–Sí, está a punto de concluir –afirmó–. Tú le pondrás fin.

El príncipe se estremeció al oír aquello.

–¿Yo? ¿Y qué puedo hacer yo? No poseo el don de la verdad, no tengo ninguna cualidad especial. Y, por si eso fuera poco, estoy encerrado en una mazmorra de la que es imposible salir.

–Oh, eso último no es cierto –le contradijo Sirio alegremente–. Salir de aquí es la cosa más fácil del mundo.

Arland le miró de pies a cabeza.

–¿Ah, sí? Entonces, ¿puede saberse qué es lo que haces tú aquí?

–¿Yo? Estaba esperando. No tenía pensado escaparme hasta saber qué había ocurrido en la ceremonia de las Bodas del Mar.

–Ya; o sea, que puedes escaparte cuando te dé la gana, pero decidiste tomarte un descanso antes de hacerlo. Es lo más disparatado que he oído en mi vida.

–Lo hice por una buena razón. Pensé que, una vez terminado el ritual, Astil intentaría encerrar de nuevo a Keir en la torre donde lo tuvo tantos años. Yo me quedé con la esperanza de que me llevara con él. O, al menos, de poder ayudarle a escapar.

–¿Y por qué no lo hiciste antes? Podrías haber impedido que se celebrase la ceremonia.

–No te creas. Ese mago vuestro me trajo aquí drogado. Me sentía como borracho; tardé horas en recuperarme. No me habría dado tiempo a impedir la ceremonia... suponiendo que hubiera querido hacerlo. Y no quería.

El príncipe Arland le dirigió una penetrante mirada.

–Ya. Preferías que el engaño siguiese su curso y que tu señora se casase con el falso Arland, y no con el verdadero.

Sirio asintió vigorosamente, sin dar muestra alguna de turbación.

–Es lo que Dahud quería... Y a mí solo me importa lo que quiere Dahud. El futuro de If, la verdad, no es algo que me quite el sueño. Pero para ti debería ser diferente. ¡Qué diablos! Después de todo, sigues siendo el soberano legítimo de este lugar. ¿Es que no piensas hacer nada para salvarlo?

–¿Y qué puedo hacer? –preguntó el joven, indeciso.

–Tienes la espada, la auténtica. Si el espíritu de Anyon la teme tanto, debe de ser por algo, ¿no? Vete a buscar al monstruo ese en el que se ha encarnado, y desafíalo. Oblígale a luchar.

–¡Pero si ya lo intenté! Incuso llegué a asestarle un buen mandoble en la cola, pero la espada rebotó en sus escamas como si fueran de acero.

–Sin embargo, si algo puede vencerle es esa espada, estoy seguro. Y esa espada la tienes tú.

Sirio observó complacido que aquellas palabras hacían mella en el príncipe. Al fijarse en su rostro, comprobó que, de pronto, parecía diferente. El brillo de sus ojos se había endurecido, y en su apretada mandíbula se leía una extraña determinación.

–Sí, ¿por qué no hacer un último intento? –contestó–. Después de todo, no tengo nada que perder.

Su compañero de celda se puso en pie de un salto y corrió hacia la puerta. Mientras Arland lo observaba en silencio, extrajo de un bolsillo secreto de su túnica una de sus curiosas herramientas de ladrón y, haciendo palanca con ella, consiguió desclavar uno de los cerrojos. Luego hizo lo mismo con el otro. Por último, sacando una fina varilla metálica con la punta en forma de pinza, la introdujo en la cerradura principal y la abrió.

–Somos libres –anunció–. Por los cambios de la luz que entra por esa rendija, he calculado que esta celda está un poco más hacia el oeste que la torre de Astil.

–Allí es donde vimos al monstruo. Vamos, no hay tiempo que perder.

Caminaron a ciegas por el mohoso pasillo de las mazmorras hasta llegar a unas desgastadas escaleras. Al final de ellas, se encontraron en uno de los grandes vestíbulos de la planta principal del palacio. Arland tomó entonces la iniciativa: conocía al detalle todos los rincones de aquella parte del edificio.

No tardaron demasiado en llegar al patio por el que se accedía a la torre octogonal del mago. Al igual que la vez anterior, encontraron la puerta abierta y, de nuevo, les sorprendió el estado ruinoso del interior de la construcción, que ya no contaba con escaleras de subida, sino solo de bajada.

Arland se llevó una mano al pecho para intentar controlar los latidos de su desbocado corazón. Estaba asustado, pero también deseaba con todas sus fuerzas enfrentarse de una vez por todas con el monstruo.

La repugnante bestia seguía en su gruta, aparentemente dormida. Justo en la boca de la gruta, a la derecha, Arland vio con espanto a Dahud y a Keir encadenados a la pared de piedra. Ambos tenían los ojos abiertos y fijos en el vacío, y no movieron ni un solo músculo al ver al príncipe. Era obvio que un cruel hechizo pesaba sobre ellos, impidiéndoles realizar hasta el más insignificante movimiento.

–Despierta, Anyon, o como quiera que te llames. He venido a luchar contigo. Y esta vez no te será tan fácil vencerme.

El propio Arland se sorprendió de la firmeza de su voz al pronunciar aquellas palabras, que reverberaron largamente en la bóveda irregular de la gruta.

El monstruo se removió inquieto en el suelo y lanzó un estridente graznido, vagamente parecido a una carcajada.

–Eres insistente, chico –dijo una voz inhumana, que no parecía provenir de ninguna parte–. Estás empeñado en que te mate, como a los otros dos.

El monstruo giró con brusquedad su largo cuello hacia los recién llegados, clavando en el príncipe sus espantosos ojos de plata.

–¿Por qué insistes? –gruñó la voz–. No quiero matarte. Te necesito. La gente de este país te quiere, te considera su soberano legítimo... Tendremos que convencerlos de que eres tú quien gobierna, aunque sea yo quien mueva los hilos.

–¿Es eso lo que quieres? ¿Gobernar If? –preguntó el príncipe con incredulidad.

–No. Quiero vivir; vivir realmente, vivir eternamente... Pero para eso necesito cambiar los destinos de este reino.

El príncipe intercambió una fugaz mirada con Sirio, que se había agazapado junto a la boca de la cueva.

–¿Dónde está Astil? –preguntó Arland–. Creí que estaría contigo.

El monstruo se irguió en toda su formidable altura.

–Astil ya ha hecho lo que tenía que hacer. Ahora se ha retirado a descansar –dijo la voz.

Al oír aquello, el príncipe sintió un agudo escalofrío. Sin pensárselo dos veces, desenvainó su espada y, lanzándose con todas sus fuerzas hacia delante, fue a clavarla directamente en una de las patas delanteras de la bestia.

Por un momento, pareció que la afilada hoja había logrado incrustarse entre las recias escamas del animal. Pero aquella falsa impresión fue pasajera; un instante después, la espada cayó al suelo. Arland se agachó para recogerla y la contempló aturdido. Estaba levemente mellada en la punta.

En ese momento, el monstruo levantó una de sus patas para derribarlo de un zarpazo; pero el príncipe, anticipándose, se tiró al suelo rodando y esquivó el golpe. Luego, con una ágil pirueta, se puso en pie y comenzó a dar vueltas alrededor de la bestia para buscar su punto más vulnerable. Tal vez, si lograba herirle en un ojo, tendría alguna oportunidad. Pero para eso debía conseguir que bajase la cabeza.

Para obligarle a hacer aquel movimiento, Arland se precipitó con todas sus fuerzas contra el vientre del dragón. Este, sorprendido, se dobló ligeramente, inclinando el cuello para ver a su atacante. Era la ocasión que Arland estaba buscando. Empuñando la espada con las dos manos, la clavó hasta la empuñadura en una de las córneas del animal, que ahora se habían vuelto más oscuras.

El dragón lanzó un débil quejido y retrocedió, al tiempo que el príncipe tiraba de su espada para sacarla del ojo de la bestia. Comprobó con estupor que ni siquiera había una gota de sangre sobre ella.

–Príncipe, ¡al suelo! –oyó gritar a Sirio–. Cuidado con la zarpa izquierda.

Arland logró esquivar por poco el nuevo golpe que se abatía sobre él, pero no fue lo suficientemente rápido como para evitar un zarpazo de refilón en el hombro. Las garras del animal le habían roto la camisa y arañado profundamente su carne, que sangraba a borbotones.

Sirio creyó entonces que el combate había concluido, pero no tardó en descubrir que Arland aún no se había dado por vencido. Aplicándose la hoja de la espada sobre la herida, para que el frío contrajese sus bordes, se incorporó nuevamente, dispuesto a enfrentarse una vez más con el monstruo. Era como si nada temiese ya, como si no le importase demasiado encontrar la muerte de un modo o de otro... Gritando furiosamente, apoyó todo su peso en el costado del animal y le introdujo la espada entre las escamas. Esta vez, el arma se hundió en la dura piel del monstruo como si fuese de mantequilla.

Entonces ocurrió algo inesperado. Cuando Arland creía que el pesado cuerpo de la bestia iba a derrumbarse sobre él, sucedió todo lo contrario. De pronto, dejó de sentir su contacto. La gigantesca mole que un instante antes había estado a punto de arrebatarle la vida empezó a disolverse lentamente en el aire. Las escamas se transformaron en débiles manchas luminosas reflejadas en el suelo, los grandes ojos plateados se evaporaron en una tibia neblina, y la carne apretada y fría del monstruo solo dejó tras de sí una gelatinosa mancha verde.

Y en el centro de la mancha, acurrucado, Arland distinguió el frágil cuerpo de un anciano. De un anciano al que conocía muy bien, porque no era otro que su fiel Astil.

Epílogo

Arland aspiró con deleite el perfume a jabón y a manzanas de las sábanas limpias. Un rayo de sol le daba de lleno en la cara, y su dorada calidez le hacía experimentar un agradable bienestar. Tenía la sensación de haber dormido durante días. Y quizá no anduviera muy desencaminado porque, cuando abrió los ojos, todo a su alrededor le pareció diferente.

Estaba en su habitación de siempre, pero tanto las paredes como los muebles eran ahora más claros y luminosos, como si alguien se hubiese ocupado de avivar sus colores. Por la ventana entreabierta penetraba la brisa húmeda de la mañana, una brisa que olía a mar. En cuanto a las personas que lo rodeaban, también habían cambiado. Todos parecían alegres y relajados, aunque aún se apreciaban en sus rostros señales de fatiga. Dahud llevaba un lujoso vestido con bordados de plata sobre la seda verde y azul. Con sus largos cabellos recogidos en una pesada trenza, estaba más bella que nunca. Al mirarla, Arland sintió una aguda punzada de tristeza.

–¿Qué ocurre? ¿Os encontráis mal? –preguntó la princesa acercándose solícita a la cama y arreglando los almohadones sobre los que reposaba su cabeza.

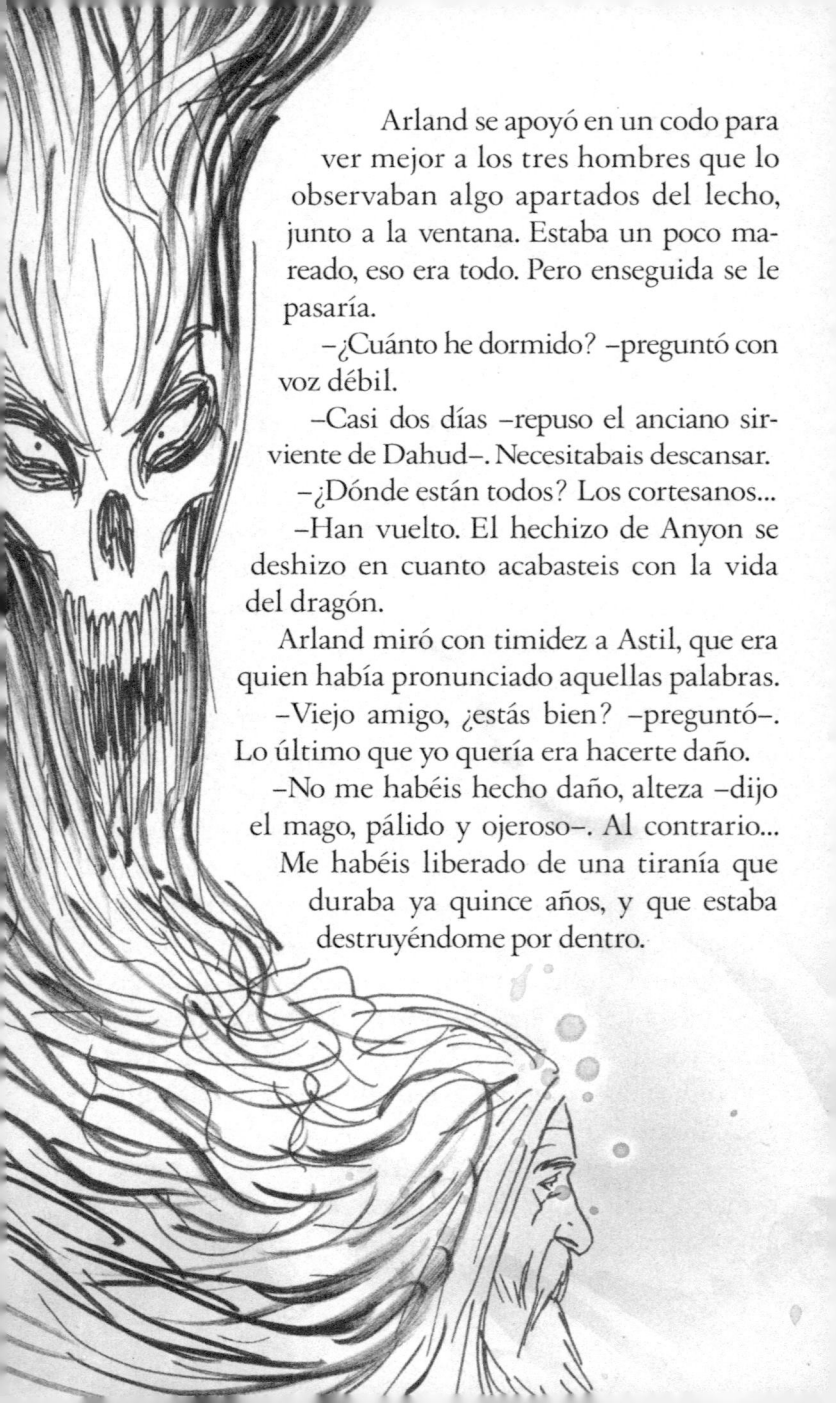

Arland se apoyó en un codo para ver mejor a los tres hombres que lo observaban algo apartados del lecho, junto a la ventana. Estaba un poco mareado, eso era todo. Pero enseguida se le pasaría.

–¿Cuánto he dormido? –preguntó con voz débil.

–Casi dos días –repuso el anciano sirviente de Dahud–. Necesitabais descansar.

–¿Dónde están todos? Los cortesanos...

–Han vuelto. El hechizo de Anyon se deshizo en cuanto acabasteis con la vida del dragón.

Arland miró con timidez a Astil, que era quien había pronunciado aquellas palabras.

–Viejo amigo, ¿estás bien? –preguntó–. Lo último que yo quería era hacerte daño.

–No me habéis hecho daño, alteza –dijo el mago, pálido y ojeroso–. Al contrario... Me habéis liberado de una tiranía que duraba ya quince años, y que estaba destruyéndome por dentro.

–No entiendo –murmuró Arland, todavía confuso después de aquel largo periodo de inconsciencia–. ¿Qué quieres decir?

–Cuando invocamos al fantasma de Anyon para salvaros la vida, se introdujo inicialmente en el cuerpo de Keir, el niño que nosotros le habíamos proporcionado. Pero cuando, a cambio de vuestra curación, Anyon exigió el don de la verdad, algo falló. El don de la verdad entró en el cuerpo de Keir y expulsó al fantasma de Anyon. Anyon buscó otro cuerpo donde encarnarse... y encontró el mío.

El príncipe lo miró con espanto.

–¿Eso significa que durante todos estos años... tú eras Anyon?

–No del todo. Yo era yo, pero Anyon se manifestaba en mí cuando quería. Entonces, mi aspecto cambiaba, y mis ojos se volvían plateados... La combinación del espíritu de Anyon con el mío daba vida al monstruo que vos destruisteis con vuestra espada.

–Mi espada... –una amarga sonrisa se dibujó en los labios de Arland–. Aún no entiendo cómo conseguí atravesar con ella la piel del monstruo. Lo había intentado varias veces antes, y siempre rebotaba.

–No fue solo la espada la que venció al monstruo; fue vuestra sangre. La sangre de Camlin, vertida sobre el filo de su espada, penetró hasta las entrañas de esa bestia horrible y liberó para siempre al espíritu de Anyon. Dondequiera que esté, ahora ya no puede alcanzarnos... Ni nosotros a él. Se ha ido para siempre.

–¿Y tú? –preguntó Arland, lleno de compasión–. ¿Estás bien?

–Nadie puede estar bien después de haber convivido durante quince años con un alma tan oscura y corrompida como la de Anyon –murmuró el anciano mago, esbozando una triste sonrisa–. Pero no os inquietéis, mi señor. Estoy seguro de que no tardaré en reponerme. Mi única aspiración es continuar sirviéndoos como hasta ahora, lo mismo que serví a vuestro padre.

Arland buceó hasta lo más profundo en los ojos grises de su viejo ministro. Era evidente que hablaba en serio... ¿Acaso no se daba cuenta de que las cosas ya nunca volverían a ser como antes?

–Astil, mi buen Astil –dijo con afecto–. Estoy seguro de que podrás seguir sirviendo a la monarquía de If como lo has hecho hasta ahora... Pero yo no soy el indicado para hacer realidad tus deseos. Ya no. Para seguir con tus funciones en la corte, deberás ponerte de acuerdo con los nuevos soberanos de If.

Al decir esto, abarcó en una misma mirada a Keir y a Dahud, que asistían a la conversación entre Arland y Astil en silencio.

Keir sostuvo aquella mirada con sus espléndidos ojos soñadores. No había desafío en ella, ni tampoco rencor; solo tristeza.

—Alteza, ¿cómo podéis hablar así? —dijo avanzando hacia la cama y arrodillándose junto a la cabecera—. Acabáis de salvarnos a Dahud y a mí de una muerte segura, y habéis librado al reino de If de una espantosa esclavitud enfrentándoos a ese monstruo.

—Solo he cumplido con mi deber. He devuelto al reino las vidas de aquellos que mejor pueden protegerlo. Y esos sois vos y la princesa, como bien sabéis. Yo no poseo el don de la verdad, no puedo proteger el legado de Camlin ni transmitírselo a mis descendientes. Tal vez, si la princesa me hubiese amado... Pero la princesa no me ama a mí, sino a vos. Así que debéis casaros con Dahud y ocupar el trono.

Dahud se adelantó al oír aquellas palabras y, arrodillándose junto a Keir, tomó una de las manos del príncipe entre las suyas.

—Perdonadme, alteza —dijo con dulzura—. Ya os he fallado una vez, y estoy a punto de hacerlo de nuevo. Pero es que ni Keir ni yo deseamos ocupar el trono de If. ¿Recordáis a mi antepasada Alma? Ella huyó del reino porque no soportaba su perfección, una perfección que hacía imposible la virtud, porque no te daba posibilidad alguna de elegir.

—Eso es una falacia —dijo el príncipe—. Siempre se puede elegir, incluso en If. ¡Ahora mismo lo estáis haciendo!

Dahud le miró con admiración.

—Eso mismo fue lo que nos dijo Erlina, la reina de las hadas —recordó de pronto—. ¿Lo veis? Eso prueba que vuestra sabiduría es mayor que la mía. Y que sois el más indicado para dirigir los destinos de If.

El príncipe se echó a reír de buena gana.

—Vaya, ¡veo que sois capaz de emplear cualquier argumento con tal de defender vuestras decisiones! —luego, recuperando la seriedad, añadió—: Es cierto que si os quedáis aquí no gozaréis de la misma libertad que en vuestro reino. A los soberanos de If se les exige la perfección. Y es difícil vivir con ese peso, os lo digo por experiencia. Pero, aun así, no debéis pensar solo en vuestra propia felicidad, sino en la de todos los hombres y mujeres que habitan en este rincón del mundo.

—Príncipe Arland, hemos tomado nuestra decisión pensando justamente en ellos —dijo entonces Keir en tono solemne—. If se merece el mejor de los gobernantes posibles... Y ese sois vos.

—¡Pero yo no tengo el don de la verdad! —objetó el príncipe con tristeza.

El viejo Astil, al otro lado de la cama, le dirigió una penetrante mirada.

—Ellos tienen razón —dijo—. Con el don o sin él, sois el mejor gobernante posible para If. Habéis demostrado valor, generosidad y un gran espíritu de sacrificio. Y amáis a este país mucho más que ellos dos juntos... Escuchadlos, alteza, y seguid su consejo.

Arland miró alternativamente a Keir, a Dahud y al viejo mago. Luego se encogió de hombros, perplejo.

—Yo siempre había pensado que el don de la verdad era lo más sagrado de este reino, lo que lo convertía en un lugar próspero y feliz —murmuró—. Como soberano, no creía tener ninguna cualidad especial, excepto ese don heredado de mis antepasados. Y ahora que sé que no poseo ese don, ¡intentáis convencerme de que no es imprescindible para reinar sobre If! ¿Estáis seguros de no estar cometiendo una irresponsabilidad?

Todos asintieron.

–El don elige a sus depositarios, alteza –dijo Astil gravemente–. Y vos os habéis hecho merecedor de él. ¿Sabéis lo que creo? Creo que el próximo año debéis ser vos quien protagonice el ritual de las Bodas del Mar. Como siempre, yo arrojaré la espada mágica a las aguas, y vos os lanzaréis en su busca... Si la espada no vuelve mágicamente a vos, es que yo no me llamo Astil. Y si no lo hace... Bueno, por mí puede quedarse en el fondo de ese extraño mar para siempre. Aprenderemos a vivir sin ella.

–Claro, ¿qué podéis perder? –se entusiasmó Dahud–. Después de todo, descendéis directamente de Camlin. El mar no os hará daño.

Arland hizo una mueca de resignación.

–¡Está bien! El año que viene me lanzaré a las aguas y, o bien recupero la espada, o bien hago reír a todo mi pueblo durante un rato, lo que tampoco supone un beneficio despreciable para los ciudadanos.

Todos, incluso Sirio, que se había mantenido algo apartado de la conversación, rieron alegremente.

–Supongo que querréis partir juntos –dijo el príncipe dejando de reír–. Esta vez, princesa, espero que no os empeñéis en atravesar nuevamente la Cordillera.

Dahud sonrió con cierta turbación.

–No, alteza. En realidad, pensaba pediros que nos dejaseis utilizar uno de vuestros barcos mágicos para regresar a Kildar.

–Contad con él –dijo Arland sin mirar a Keir–. Os deseo un feliz viaje. Espero tener noticias vuestras alguna vez. Y ahora, si me disculpáis... estoy cansado.

El príncipe cerró los ojos y se recostó en sus almohadas con expresión dolorida. Keir y Dahud lo miraron unos instantes antes de decidirse a seguir a Sirio, que ya había abandonado la estancia.

–Creo que le has partido el corazón –dijo Keir cuando salieron. No había ninguna alegría en sus palabras.

–Se recuperará –sostuvo Dahud con firmeza–. Su corazón es el más noble y fuerte que jamás he conocido.

* * *

Cuando el barco de cristal en el que viajaban Dahud y Keir abandonó la plácida bahía de Aquila para salir a mar abierto, un viento desapacible azotó las velas, desparramando sobre las tablas de la cubierta algunas gotas dispersas de lluvia.

El capitán, un navegante de rostro hermoso y sombrío, se acercó a los dos jóvenes recién casados para sugerirles amablemente que abandonasen el castillo de proa. Él mismo acababa de oficiar la ceremonia nupcial, algo que hacía por primera vez en su vida, y se le veía a la vez satisfecho y azorado. Keir y Dahud se dispusieron a obedecer sus órdenes, conscientes de que no les convenía poner a prueba su paciencia.

Antes de descender a los camarotes, Dahud echó una última mirada al mar.

–Capitán, ¿cuánto tardaremos en llegar a las costas de Kildar? –preguntó apretando la mano de Keir.

El capitán alzó una ceja; luego, la otra. Por un momento pareció que iba a echarse a llorar, pero, en lugar de hacerlo, prorrumpió en una sonora carcajada. Aunque ostente un importante cargo en la marina de su país y tenga bajo su mando a toda una tripulación, un navegante nunca deja de ser un navegante: elegante, extraño e impredecible.

–Princesa, eso depende –repuso escuetamente.

Pero esa respuesta no le bastaba a Dahud.

–¿De qué depende? –preguntó en un susurro.

El navegante abrió los brazos en un amplio gesto que pretendía abarcar simultáneamente el cielo, el mar y todos los azares y misterios de las criaturas que se atrevían a desafiarlos.

–Depende de muchas cosas –murmuró–: de las corrientes, de la reina que habita en la Ciudad Sumergida, de vuestras ansias de llegar... Y, sobre todo, de lo que vuestros ojos puedan contarles a estas aguas acerca de la fina línea que separa la realidad de la ilusión.

TE CUENTO QUE ANA ALONSO...

... empezó a escribir cuentos y poemas cuando tenía diez años, la misma edad con que Javier Pelegrín dibujaba cómics. Desde entonces, ninguno de los dos ha parado de inventar historias. Cuando se conocieron, sus historias se mezclaron, y de esa mezcla mágica nacieron este y otros muchos libros. A Ana le gustan los relatos sobre universos fantásticos y misteriosos. Javier adora las novelas de aventuras, donde los héroes se enfrentan a toda clase de peligros. Ambos creen que una buena historia es como una varita mágica capaz de transformar el mundo... ¡Y también el corazón del lector!

Ana Alonso nació en Tarrasa (Barcelona), aunque ha residido buena parte de su vida en León. Ha publicado ocho libros de poesía y una novela para adultos, y ha recibido varios premios literarios.

Javier Pelegrín nació en Madrid y es profesor de literatura. Actualmente, los dos viven en la provincia de Ciudad Real, y han escrito juntos varias novelas juveniles.

Si te ha gustado este libro, visita

LITERATURA**SM**·COM

Allí encontrarás:

- Un montón de libros.
- Juegos, descargables y vídeos.
- Concursos, sorteos y propuestas de eventos.

¡Y mucho más!

Para padres y profesores

- Noticias de actualidad, redes sociales y suscripción al boletín.
- Propuestas de animación a la lectura.
- Fichas de recursos didácticos y actividades.